光文社文庫

文庫書下ろし／長編時代小説

# 百鬼夜行
日暮左近事件帖

藤井邦夫



光 文 社

本書は、光文社文庫のために書下ろされました。

目次

江戸川橋
大塚
板橋宿へ
巣鴨
赤城明神
石切橋
神楽坂
江戸川
切支丹坂
御薬園
松平越前守屋敷
中山道
日光御成街道
小石川馬場
傳通院
小石川
神明宮
白山
駒込
小石川御門
水戸徳川家
春日町
水道橋
菊坂台町
御弓町
駒込追分
千駄木
神田川
本郷
水戸藩中屋敷
加賀前田家
根津権現
道灌山
湯島聖堂
霊雲寺
日暮里
湯島天神門前町
茅町
門前町
不忍池
神田明神
湯島天神
弁財天
石神井用水
明神下
妻恋坂
池之端仲町
東叡山寛永寺
根岸
谷中
下谷御成街道
下谷広小路
外神田
御徒町
入谷鬼子母神
（真源院）
向柳原
三味線堀
幡随院
浅草天王町
甚内橋
鳥越明神
下谷三之輪町
千住大橋
阿部川町
新吉原
新堀川
奥州街道
鳥越橋
旅籠町
日本堤
東本願寺
御蔵前通り
御蔵前
御米蔵
首尾の松
浅草広小路
浅草寺
小塚原
山谷町
御厩河岸之渡し
駒形町
雷門
新鳥越橋
山谷堀
浅草駒形堂
花川戸町
聖天町
竹町之渡し
吾妻橋
今戸橋
今戸町
白鬚之渡し
隅田川
源兵衛橋
竹屋之渡し
瓦町
中之郷
水戸藩下屋敷
向島墨堤
三囲稲荷
長命寺
木母寺
隅田村
北割下水
源森川
小梅村
法恩寺橋
横川
業平橋
寺島村
七日市藩下屋敷
押上村

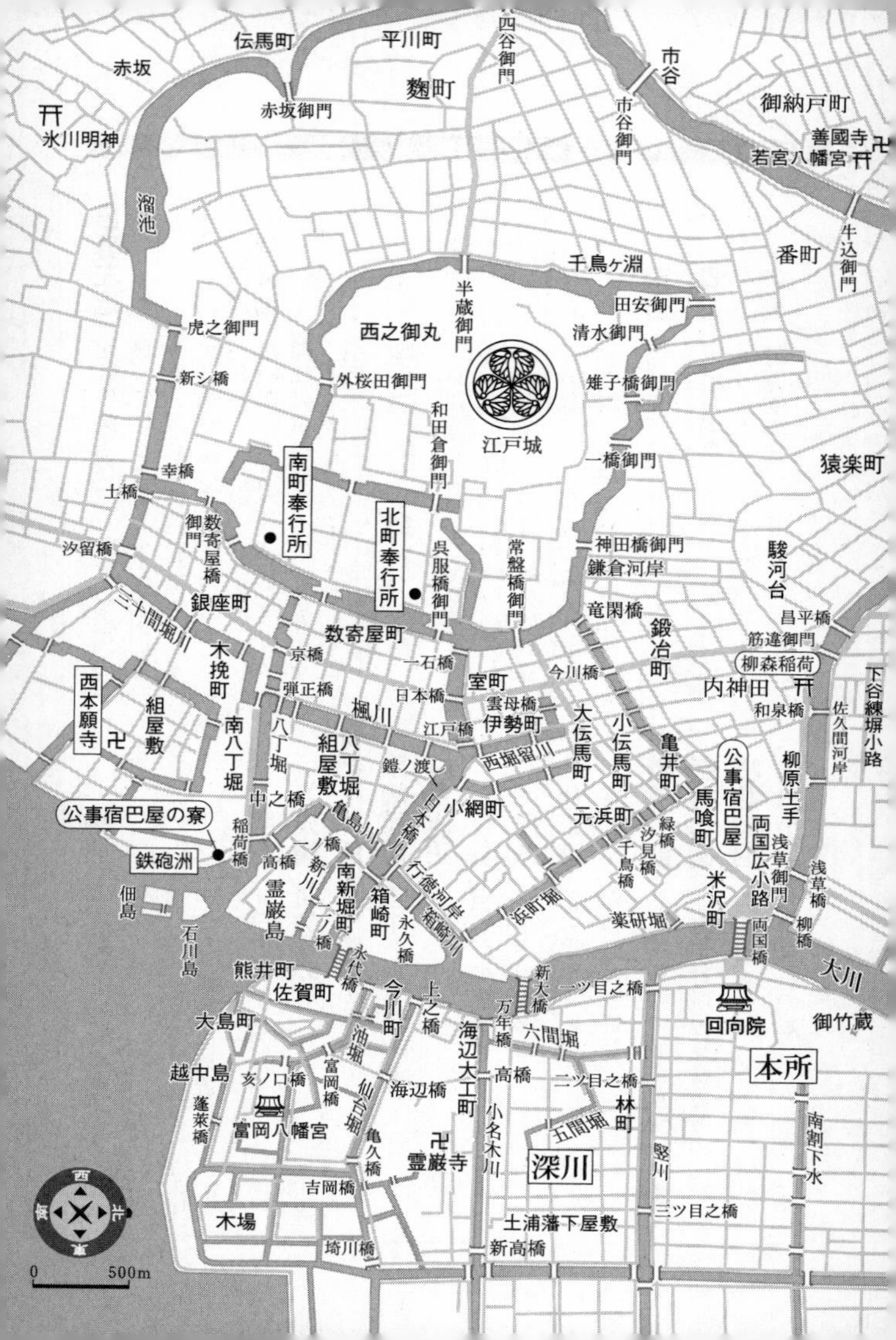
伝馬町
平川町
四谷御門
市谷
赤坂
麹町
赤坂御門
市谷御門
御納戸町
氷川明神
善國寺
若宮八幡宮
溜池
牛込御門
番町
千鳥ヶ淵
田安御門
半蔵御門
虎之御門
西之御丸
清水御門
新シ橋
外桜田御門
雉子橋御門
和田倉御門
江戸城
一橋御門
猿楽町
幸橋
南町奉行所
土橋
北町奉行所
数寄屋橋御門
汐留橋
呉服橋御門
常盤橋御門
神田橋御門
鎌倉河岸
駿河台
三十間堀川
銀座町
竜閑橋
昌平橋
鍛冶町
数寄屋町
筋違御門
京橋
柳森稲荷
木挽町
一石橋
今川橋
西本願寺
下谷練塀小路
室町
弾正橋
日本橋
内神田
和泉橋
組屋敷
楓川
雲母橋
伊勢町
佐久間河岸
南八丁堀
八丁堀
江戸橋
大伝馬町
小伝馬町
亀井町
組屋敷八丁堀
鎧ノ渡し
西堀留川
柳原土手
公事宿巴屋
中之橋
日本橋川
小網町
公事宿巴屋の寮
稲荷橋
亀島川
馬喰町
元浜町
両国広小路
鉄砲洲
一ノ橋
緑橋
浅草御門
高橋
新川
南新堀町
行徳河岸
汐見橋
千鳥橋
佃島
霊巌島
箱崎町
米沢町
浅草橋
二ノ橋
箱崎川
浜町堀
薬研堀
石川島
永久橋
両国橋
柳橋
熊井町
永代橋
新大橋
大川
佐賀町
今川町
上之橋
一ツ目之橋
大島町
万年橋
回向院
御竹蔵
油堀
海辺大工町
六間堀
越中島
高橋
本所
亥ノ口橋
富岡橋
海辺橋
仙台堀
二ツ目之橋
蓬莱橋
林町
富岡八幡宮
小名木川
五間堀
南割下水
亀久橋
霊巌寺
深川
竪川
吉岡橋
木場
三ツ目之橋
土浦藩下屋敷
新高橋
埼川橋
西
北
東
南
0
500m

## 主な登場人物

**日暮左近**　元は秩父忍びで、瀕死の重傷を負っているところを公事宿巴屋の主・彦兵衛に救われた。いまは巴屋の出入物吟味人。

**彦兵衛**　馬喰町にある公事宿巴屋の主。瀕死の重傷を負っていた左近を巴屋の出入物吟味人として雇い、巴屋に持ち込まれる公事の調べに当たってもらっている。

**おりん**　公事宿巴屋の主・彦兵衛の姪。浅草の油問屋に嫁にいったが夫が亡くなったので、叔父である彦兵衛の元に転がり込み、巴屋の奥を仕切るようになった。

**房吉**　巴屋の下代。彦兵衛の右腕。

**清次**　巴屋の下代。

**お春**　巴屋の婆や。

---

**嘉平**　柳森稲荷にある葦簀張りの飲み屋の老亭主。元は、はぐれ忍び。今は抜け忍や忍び崩れの者に秘かに忍び仕事の周旋をしている。

**陣八**　江戸のはぐれ忍び。

**鬼麿**　丹波忍び。

**青柳平九郎**　柴崎頼母の家来。

**柴崎頼母**　三千石取りの旗本。

**永井主水正**　旗本。目付。

**光雲**　宝泉寺の住職。

**善八**　宝泉寺の寺男。

**一色京庵**　茶の湯の宗匠。

**長次郎**　高砂町の金貸し。

**白崎秀一郎**　北町奉行所の養生所見廻り同心。

**宗方兵衛**　北町奉行所の年番方与力。

**桂井東伯**　町医者。

**おかよ**　桂井東伯の娘。

# 百鬼夜行

## 日暮左近事件帖

# 第一章　斬殺鬼《ざんさつき》

一

丑《うし》の刻《こく》八つ（午前二時）。

神田駿河台《かんだするがだい》にある三千石《ごく》取りの旗本《はたもと》、柴崎《しばざき》屋敷は夜の闇の中に沈んでいた。

屋敷の長い廊下には、燭台《しょくだい》の小さな明かりが長い尾を引いて映《は》えていた。

中肉中背の若い武士が、長い尾を引く明かりを遮《さえぎ》るように浮かんだ。

若い武士の眼は、物《もの》の怪《け》に憑《つ》かれたように滑《ぬめ》り輝き、握り締めた鈍色《にびいろ》の刀の鋒《きつさき》からは血が滴《したた》り落ちていた。

行く手に龕灯《がんどう》の明かりが浮かび、数人の武士が長い廊下に現れた。

「血迷ったか、青柳平九郎《あおやぎへいくろう》……」

頭分《かしらぶん》の武士が、若い武士を青柳平九郎と呼んで怒鳴った。

青柳平九郎と呼ばれた若い武士は、頰《ほお》を引き攣《つ》らせるように笑った。

「おのれ、斬れ、斬り棄《す》てろ……」

頭分の武士は叫んだ。

武士たちは、刀を抜いて平九郎に殺到した。

平九郎は、刀を閃《ひらめ》かせた。

閃光《せんこう》が縦横に走り、絶叫が上がり、血飛沫《ちしぶき》が飛び散った。

殺到した武士たちは、平九郎に次々に斬られて倒れた。

平九郎は返り血を浴び、物の怪に憑かれたように滑り輝く眼に喜びを滲《にじ》ませ、修羅《しゅら》の如《ごと》く武士たちと闘い、斬り棄てた。


「ほう。駿河台の旗本屋敷で乱心《らんしん》した家来が、上役や朋輩《ほうばい》たちを斬り棄てたのですか……」

公事宿《くじやど》『巴屋《ともえ》』出入物吟味人《でいりものぎんみにん》の日暮左近《ひぐらしさこん》は、主《あるじ》の彦兵衛《ひこべえ》の話に念を押した。

「ええ。三人が斬られて死に、怪我人は十人以上だそうです」

公事宿『巴屋』主の彦兵衛は、眉をひそめて告げた。

「して、その乱心《らんしん》した家来は……」

「青柳平九郎って名前で、奉公先の旗本、柴崎頼母《たのも》さまの屋敷から逐電《ちくでん》したとか……」

「逐電……」

「ええ。乱心した青柳平九郎、逐電して何処《どこ》に潜んでいるのか……」

彦兵衛は、恐ろしそうに身を震わせた。

「乱心して、血の酔いの心地《ここち》良さを味わえば、必ずまた修羅の如くに人を斬って血に酔いたくなります」

左近は、逐電した乱心者の青柳平九郎の出方を読んだ。

「血に酔うって。じゃあ、また……」

彦兵衛は、微《かす》かな怯《おび》えを過《よ》ぎらせた。

「ええ。青柳平九郎は、今夜も血の臭いに酔う快感に浸《ひた》りたくて人を斬るでしょう」

左近は読んだ。

「そうですか。じゃあ、房吉《ふさきち》や清次《せいじ》たちにも夜は出掛けるなと云《い》っておきますよ」

「そいつが良いでしょう」

「それにしても、柴崎頼母さまも只《ただ》では済《す》まないでしょうね」

「ええ……」

左近は頷《うなず》いた。

旗本家を逐電した青柳平九郎は、浪人とされて町奉行所の支配になった。

月番《つきばん》の北町奉行所は、警戒を厳しくして青柳平九郎を捕縛《ほばく》しようとする筈《はず》だ。

乱心した青柳平九郎は、大人しく捕縛される筈はないのだ。

今夜の獲物は、北町奉行所の同心《どうしん》や捕方《とりかた》なのかもしれない……。

左近は読んだ。

神田八《や》つ小路《こうじ》は駿河台に近い。

乱心して逐電した青柳平九郎は、神田八つ小路に現れるかもしれない。

左近は、丹波《たんば》国篠山《ささやま》藩江戸上屋敷の大屋根に潜み、眼下に広がる神田八つ小路の暗がりを透《す》かし見ていた。

夜中に神田八つ小路を通る人は少なく、やって来た若い侍たちが暗がりに屯《たむろ》した。

おそらく剣術自慢の旗本御家人《ごけにん》の子弟……。
左近は読んだ。
若い侍たちは、乱心した青柳平九郎を斬って名を揚げようと企《くわだ》てている。
左近は睨《にら》み、暗がりに屯している若い侍たちに苦笑した。
夜は更《ふ》け、夜廻りの木戸番の打ち鳴らす拍子木《ひょうしぎ》の音も消えた。
神田八つ小路の八つの道筋の一つには、神田川に架かっている昌平橋《しょうへいばし》がある。
黒い人影が昌平橋に滲むように浮かび、殺気が湧《わ》き上がった。
得体《えたい》の知れぬ妖《あや》しい殺気……。
左近は、微かな戸惑いを覚えた。
そして、妖しい殺気を漂《ただよ》わせる黒い人影は青柳平九郎……。
左近は見定めた。
青柳平九郎は、昌平橋を渡って神田八つ小路に進んだ。
幾つかの殺気が、神田八つ小路の暗がりから湧いた。
左近は、冷徹な眼で見守った。
青柳平九郎は、神田八つ小路の真ん中に佇《たたず》んだ。
刹那《せつな》、大名屋敷の土塀《どべい》の暗がりから四人の若い侍が現れ、青柳平九郎に駆け寄って取り囲んだ。

「乱心者の青柳平九郎だな」

若い侍たちは、刀を握って身構えた。

青柳平九郎は、物の怪に取り憑かれたような眼を滑り輝かせた。

「我らが討ち取り、その首を晒《さら》してくれる」

若い侍たちは、刀を抜いて青柳平九郎に猛然と殺到した。

青柳平九郎は、殺到する若い侍たちを滑り輝く眼で見定め、嘲《あざけ》りを浮かべた。

若い侍たちは、青柳平九郎に鋭く斬り掛かった。

青柳平九郎は、抜き打ちの一刀を放った。

閃光が走り、血が飛び、二人の若い侍が仰《の》け反《ぞ》り倒れた。

残る二人の若い侍は、思わず怯《ひる》んだ。

青柳平九郎は、怯んだ二人の若い侍に迫り、容赦《ようしゃ》なく刀を閃かせた。

血が飛び、残る二人の若侍は、逃げる間もなく斬り倒された。

凄《すさ》まじい腕だ……。

左近は見届けた。

四人の若い侍は倒れ、苦しく呻《うめ》き、泣きながら踠《もが》いた。

青柳平九郎は、滑り輝く眼に笑みを滲ませて見下ろした。

刀の鋒から血が滴り落ちた。

新たな三人の若い侍が、筋違《すじかい》御門の暗がりから現れた。

青柳平九郎は、三人の若い侍の新たな殺気に気が付いた。

三人の若い侍たちは、猛然と青柳平九郎に走った。

青柳平九郎は、滑り輝く眼に笑みを浮かべて刀を一振りした。

鋒から血が飛んだ。

三人の若い侍は、青柳平九郎に一斉に斬り掛かった。

青柳平九郎は、刀を縦横に閃《ま》かせた。

三人の若い侍は、次々に血を撒き散らして倒れた。

青柳平九郎は、滑り輝く眼で薄く笑った。

神田八つ小路の暗がりに血の臭いが漂い、斬られて倒れた若い侍たちの苦し気な息遣《づか》いと啜《すす》り泣きが洩《も》れた。

青柳平九郎は、神田八つ小路の暗がりを滑り輝く眼で見廻した。

鬼……。

青柳平九郎は、情け容赦なく人を殺す鬼に取り憑かれている。

左近は睨んだ。
神田八つ小路の暗がりが揺れた。
潜んでいた他の若い侍たちが、青柳平九郎の凄まじさに恐れをなして逃げたのだ。
青柳平九郎は、神田八つ小路の暗がりに潜む者が既に消えたと見定めた。
此《こ》れからどうする……。
左近は、青柳平九郎の出方を見守った。
呼子笛《よびこぶえ》の音が夜空に甲高《かんだか》く響き渡った。
青柳平九郎は、日本橋《にほんばし》に続く神田須田町《すだちよう》の道筋に向かった。
左近は、篠山藩江戸上屋敷の大屋根から大きく跳んだ。
神田須田町の通りの左右に連《つら》なる店は、大戸を閉めて寝静まっていた。
青柳平九郎は、須田町の通りをゆっくりと日本橋に向かった。
何処に何しに行く……。
左近は、連なる家並みの屋根伝いに平九郎を追った。
呼子笛の甲高い音は、遠くから響き渡っていた。

日本橋川の流れに月影が揺れた。
青柳平九郎は、日本橋川に架かっている日本橋に差し掛かった。
日本橋の袂《たもと》から町奉行所の同心と岡《おか》っ引《ぴき》たちが現れ、平九郎を取り囲んだ。
左近は、家並みの屋根の上から見守った。
「青柳平九郎か……」
同心は、厳しく問い質《ただ》した。
平九郎は、滑り輝く眼に笑みを浮かべて頷いた。
刹那、取り囲んだ岡っ引たちが、平九郎に目潰《つぶ》しを投げた。
目潰しは平九郎の顔と身体に当たり、灰色の粉を撒き散らした。
平九郎は、眼を潰されて棒立ちになった。
どうする……。
左近は見守った。
同心や岡っ引は、立ち尽くす平九郎に十手《じって》で殴り掛かった。
平九郎は、眼を潰されたまま僅《わず》かに身を沈めて刀を抜き打ちに一閃した。
同心と岡っ引たちは斬り飛ばされ、血を流して倒れた。

一瞬の出来事だった。

平九郎は、残心《ざんしん》の構えを取った。

夜の日本橋は静けさに覆《おお》われ、日本橋川の流れる音だけが響いた。

左近は見守った。

平九郎は、同心と岡っ引たちを斬り棄てたのを確かめ、刀を一振りして鞘《さや》に納めた。そして、眼を潰されたまま日本橋を渡り、進み始めた。

左近は、屋根から跳び下りて追い掛けようとした。

刹那、鋭い殺気が左近を襲った。

殺気……。

左近は、咄嗟《とっさ》に家並みの暗がりに跳び退《の》いて身構えた。

平九郎は日本橋を下り、その姿を夜の闇に溶け込ませていった。

左近は、浴びせられた殺気の出処《でどころ》を探した。

周囲の家並みや暗がりに出処は窺《うかが》えず、夜の闇だけが広がっていた。

ない……。

左近は、浴びせられた殺気が既に消えているのに気が付いた。

殺気は消えている……。

左近は、日本橋に走った。
そして、日本橋を駆け渡り、高札場《こうさつば》や日本橋通りの南に平九郎の姿を捜した。
だが、平九郎の姿は既になく、夜の闇が何処までも続いているだけだった。
見失った……。
左近は、日本橋の袂に佇んだ。
忍びの殺気……。
平九郎を追い掛けようとした時、浴びせられた殺気は忍びの者のものだ。
左近は気が付いた。
忍びの者がいる……。
青柳平九郎の身辺には、忍びの者が潜んでいるのだ。
左近は、周囲の闇に殺気を鋭く放った。
だが、左近の殺気に応じるものはなかった。
此《こ》れ迄《まで》だ……。
左近は、来た道を戻る事にした。
神田川の流れに月影は揺れた。

柳原《やなぎわら》通りの柳並木は、吹き抜ける夜風に枝葉を揺らしていた。

左近は、柳原通りの途中にある柳森《やなぎもり》稲荷の前の空き地に入った。

柳森稲荷の鳥居前の空き地の奥には、葦簀《よしず》掛けの屋台の飲み屋が小さな明かりを灯《とも》していた。

葦簀掛けの飲み屋の横に置かれた縁台《えんだい》や切り株などには、安酒を楽しむ人足や浪人などの客は一人もいなく、虫の音が溢《あふ》れているだけだった。

「邪魔をする」

左近は、葦簀を潜った。

「おう……」

飲み屋の老亭主の嘉平《かへい》は、左近を一瞥《いちべつ》してから湯呑《ゆのみ》茶碗に酒を満たして差し出した。

「下《くだ》り酒だ……」

嘉平は、料理屋や飲み屋の残り酒を只《ただ》同然で集め、人足や食詰《くいつめ》浪人たちに安く飲ませていた。そして、金のある者にはそれなりの酒を出していた。

「うん……」

左近は、出された湯呑茶碗の酒を飲んだ。

「乱心者《らんしんもの》、神田八つ小路に現れたそうだな」

嘉平は、既に知っていた。

「ああ。襲い掛かる腕自慢の若い侍を斬り棄て、日本橋で同心と岡っ引たちの目潰しを喰らいながらも斬り倒した」

左近は、湯呑茶碗の酒を飲んだ。

「ほう。そうだったのかい。で……」

嘉平は、話の先を促した。

「日本橋を渡ったので、追い掛けようとしたら殺気を浴びせられた」

「殺気……」

「忍びの殺気だ……」

「忍び……」

嘉平は眉をひそめた。

「うむ。乱心した青柳平九郎の身辺には、忍びの者が潜んでいる」

左近は、厳しい面持《おもも》ちで告げた。

「そうか……」

「心当たりは……」

左近は、嘉平を見詰めた。

「ない事もないが、江戸にいるとは聞いちゃあいない……」

「そいつは何処の何者だ……」

「傀儡《くぐつ》の百鬼《ひやっき》だ……」

嘉平は、微かな緊張を滲ませて告げた。

「傀儡の百鬼……」

〝傀儡〟とは〝操り人形〟の事だ。

「ああ。丹波忍びの傀儡の百鬼、人を人形のように自在に操るという忍びの者だ」

「ならば、青柳平九郎は傀儡の百鬼なる忍びに操られて乱心したのか……」

左近は読んだ。

「さあて、傀儡の百鬼は、京の奥の丹波忍び。江戸に出て来たとは……」

「分からないか……」

左近は眉をひそめた。

「ああ。傀儡の百鬼の噂、急いで集めてみるか……」

嘉平は苦笑した。

「うむ……」

左近は頷いた。

「それにしても、傀儡の百鬼なら何しに江戸に来たのか……」

嘉平は、酒を飲んだ。

「丹波忍びの傀儡の百鬼か……」

左近は、不敵《ふてき》な笑みを浮かべた。

神田川を行く舟の櫓《ろ》の軋《きし》みが、夜空に甲高く響いた。


乱心者の青柳平九郎は、神田八つ小路で旗本御家人の倅《せがれ》たちを斬り、日本橋で町奉行所同心と闘っ引を倒した。その後、青柳平九郎は、築地本願寺傍《つきじほんがんじそば》の旗本屋敷に現れ、主の永井主水正《ながいもんどのしょう》と家来たちを斬り殺して消え去っていた。

「築地の旗本永井主水正ですか……」

左近は眉をひそめた。

「ええ。神田八つ小路と日本橋の殺しの件も奴《やつ》の仕業《しわざ》だと思いますが……」

彦兵衛は読んだ。

「青柳平九郎の仕業に相違ありません」

左近は頷いた。

「見たのですか……」

彦兵衛は眉をひそめた。

「ええ……」

「そうですか……」

「神田八つ小路と日本橋の殺しは偶々《たまたま》の事です。青柳平九郎の狙いは、築地に住む旗本の永井主水正の首を獲《と》る事ですね」

左近は読んだ。

「そうなりますね」

彦兵衛は頷いた。

「永井主水正、どのような旗本ですか……」

「御目付衆《おめつけしゅう》の一人です」

「目付《めつけ》ですか……」

目付は、若年寄《わかどしより》直属で旗本を監察《かんさつ》するのが役目である。

青柳平九郎は、その目付衆の一人である永井主水正を斬殺《ざんさつ》した。

「ええ。で、青柳平九郎が逐電した奉公先の旗本の柴崎頼母さまは、乱心者を市中に野放しにしたと御公儀《ごこうぎ》に咎《とが》められ、蟄居《ちっきょ》を命じられましたが、こうなるとそれだけでは済みませんね」

彦兵衛は眉をひそめた。

「ええ。青柳平九郎が人を斬れば斬る程《ほど》、主だった柴崎頼母も切腹に近付きますか……」

左近は読んだ。

「ええ。きっと……」

彦兵衛は、沈痛な面持ちで頷いた。

「旦那、青柳平九郎に斬られた永井主水正と柴崎頼母に何か拘《かか》わりは……」

左近は尋ねた。

「永井さまと柴崎さまの拘わりですか……」

「ええ……」

「さあて、今のところ、そいつは何も聞いちゃあいませんが、調べてみますか……」

彦兵衛は、その眼を僅かに輝かせた。
「お願いします」
左近は頼んだ。
何故、青柳平九郎は目付永井主水正を斬ったのだろうか……。
左近は、想いを巡《めぐ》らせた。
青柳平九郎は、目付の永井主水正に遺恨《いこん》を持っていたのか……。
傀儡の百鬼に操られての襲撃なのか……。
旗本の柴崎頼母と永井主水正は何らかの拘わりがあるのか……。
ならば、青柳平九郎の乱心は本当なのか……。
左近は読んだ。
何《いず》れにしろ、青柳平九郎に此《こ》れ以上、人を斬らせてはならないのだ。
左近は決めた。
その時は斬り棄てるしかない……。
左近は、青柳平九郎に微かな哀れみを覚えた。

二

公儀は、青柳平九郎追跡に多くの役人を江戸の町に放ち、捕縛を急いだ。

左近は、青柳平九郎の動きを検《あらた》めた。

あの夜、青柳平九郎は神田川に架かっている昌平橋を渡って神田八つ小路に入って来た。

それは、青柳平九郎が神田川の北側、浅草《あさくさ》、下谷《したや》、湯島《ゆしま》、本郷《ほんごう》、小石川《こいしかわ》の辺りに潜んでいるからかもしれない。

人を人形のように操る傀儡の百鬼と称する丹波忍びと……。

左近は、柳森稲荷前の葦簀掛けの飲み屋に向かった。


柳原通りの柳並木の枝葉は、吹き抜ける風に揃《そろ》って揺れていた。

左近は、柳原通りの途中にある柳森稲荷に向かった。

柳森稲荷の鳥居前の空き地には、七味唐辛子売り、古道具屋、古着屋が並び、奥に葦簀張りの飲み屋があった。

左近は、風に揺れる色とりどりの古着の前を通り、葦簀張りの飲み屋に進んだ。

「邪魔をする……」

左近は、葦簀を潜った。

「おう……」

嘉平は、料理屋や飲み屋から集めて来た残り酒を空き樽《だる》に入れていた。

「傀儡の百鬼の噂。何かあったか……」

左近は尋ねた。

「いや。噂は未《ま》だない……」

嘉平は、首を横に振った。

「そうか……」

「うん。だが、青柳平九郎の噂があった……」

嘉平は告げた。

「どんな噂だ……」

「青柳平九郎らしき侍が本郷は北《きた》ノ《の》天神《てんじん》真光寺《しんこうじ》の境内《けいだい》で幼い子供と遊んでいたとか……」

嘉平は笑った。

「幼子と遊んでいた……」

左近は戸惑った。

「ああ。本当に青柳平九郎かどうかは分からぬが、界隈《かいわい》では余り見掛けぬ中肉中背の侍だそうだ……」

嘉平は告げた。

「中肉中背の余り見掛けぬ侍……」

「ああ。しかし、乱心した者が幼子と遊ぶかな……」

嘉平は首を捻《ひね》った。

「乱心したからこそ、無心になって遊ぶのかもしれない……」

左近は読んだ。

「そうか……」

嘉平は頷いた。

「本郷の北ノ天神真光寺の境内だな」

「行ってみるか……」

「ええ……」

左近は頷いた。

神田八つ小路から神田川に架かる昌平橋を渡り、湯島から本郷に続く通りを進むと、北ノ天神真光寺はある。

左近は、北ノ天神真光寺に急いだ。


北ノ天神真光寺の境内には、参拝客が行き交っていた。

左近は、境内を見廻した。

参拝客が行き交う境内には、幼子と遊ぶ中肉中背の侍はいなかった。

左近は、境内の隅にある茶店に向かった。

「いらっしゃいませ……」

茶店の老亭主が左近を迎えた。

「茶を頼む……」

左近は、縁台に腰かけながら老亭主に茶を注文し、境内を眺めた。

境内には、僅かな参拝客が行き交っているだけだった。

「お待たせしました……」

老亭主が、左近に茶を持って来た。

「うん……」

左近は、茶を受け取り、老亭主に尋ねた。

「ところで亭主、北ノ天神の境内に幼子と遊んでいる侍がいると聞いてきたのだが……」

左近は、茶を啜りながら境内を眺めた。

「ああ。あのお侍さんですか……」

老亭主は、幼子と遊ぶ侍を知っていた。

「知っているか……」

「ええ……」

「名は……」

「それは知りません……」

老亭主は苦笑した。

「ならば、住まいは……」

「此の裏の明地《あきち》の傍にある宝泉寺《ほうせんじ》の家作《かさく》だと聞いておりますよ」

「裏の宝泉寺の家作……」

「ええ……」

「茶代だ……」
左近は、縁台に茶代を置いて北ノ天神の裏手に急いだ。
北ノ天神の裏には明地があり、傍に小さく古い宝泉寺があった。
左近は、扁額《へんがく》の掛かっている山門から宝泉寺を窺った。
狭い境内の奥には本堂があり、その裏に木々が見えた。
左近は、狭い境内を駆け抜けて本堂の裏の木々の陰に潜んだ。

小さな家作があった。
左近は、小さな家作を窺った。
小さな家作は障子を閉めており、静けさに覆われていた。
人斬り鬼と化した青柳平九郎がいるのか……。
左近は、小さな家作に忍び寄った。
血の臭いが鼻先を過《よ》ぎった。
血……。
左近は緊張し、座敷の障子の脇に張り付いて様子を窺った。

血の臭いが鼻を突いた。
左近は、座敷の障子を僅かに開けた。
座敷の畳に赤い血が飛び散っていた。
左近は、障子を開けて座敷に踏み込んだ。

血の飛び散っている座敷には誰もいなく、血に濡れた大刀が畳に突き立てられていた。
左近は、畳に突き立てられた刀を抜き、翳《かざ》して見た。
刀身を濡らした血は、既に乾き始めていた。
刻《とき》はかなり経っている……。
そして、血塗られた刀は酷《ひど》く刃毀《はこぼ》れをしており、僅かに歪《ゆが》んでいた。
かなり人を斬ってきた刀……。
ひょっとしたら、青柳平九郎の刀かもしれない。
左近は、家作の中に人の気配を窺った。
家作に人の気配はなかった。
左近は襖《ふすま》を開け、隣の板の間に入った。

板の間は薄暗く、台所の土間に続き、人は誰もいなかった。

血は、北ノ天神の境内で幼子と遊んでいた侍のものなのか……。

もし、そうなら青柳平九郎の血なのか……。

ならば、青柳平九郎は誰かに斬られた……。

何故だ……。

左近は、戸惑いながらも家作の中を検めた。

狭い家作には、青柳平九郎や丹波忍びの傀儡の百鬼らしき男はいなかった。

左近は、見定めて小さな家作を出た。


小さな家作の周囲に人の気配はない……。

左近は地を蹴り、宝泉寺の本堂の屋根の上に跳んだ。そして、本堂の屋根に潜んで家作に誰かが現れるのを待つ事にした。

もし、血が青柳平九郎のものなら誰に斬られたのか……。

左近は、見張りながら読んだ。

斬った者は、何故に名乗り出ないのだ。

お尋ね者の青柳平九郎を斬り、誉《ほ》められる事はあっても、咎められる事はない筈だ。だが、平九郎の死体はなく、斬ったと名乗り出る者もいないのだ。
飛び散っていた血は、青柳平九郎のものではなく他の誰かのものかもしれない。
他の誰かの血……。
青柳平九郎が誰かと一緒にいるとしたら、丹波忍びの傀儡の百鬼かもしれない。
だが、傀儡の百鬼が血を飛び散らせたとはとても思えない。
ならば、青柳平九郎は襲った者を返り討ちにし、死体を始末したのかもしれない。
左近は、宝泉寺の本堂の屋根に潜み続けた。
一刻《いっとき》（二時間）が過ぎた。
小さな家作に現れる者はいなかった。
よし。後は夜だ……。
左近は、宝泉寺の本堂の屋根を蹴って大きく跳んだ。
日本橋馬喰町《ばくろちょう》の公事宿『巴屋』は、公事訴訟で江戸に来た者たちが泊まり、
おりんやお春《はる》が忙しく世話をしていた。
「邪魔をする」

「あら、左近さん、叔父さんが顔を出してくれって……」

おりんは、暖簾《のれん》を潜って来た左近に告げた。

「心得た……」

左近は、公事宿『巴屋』主の彦兵衛の仕事部屋を訪れた。

「お呼びですか……」

「やあ。ちょいとお待ちを……」

彦兵衛は左近に断り、書類を書き続けた。

僅かな刻が過ぎた。

「お待たせしました」

彦兵衛は、筆を置いて左近に振り返った。

「いや。して、何か……」

「青柳平九郎が奉公していた旗本柴崎頼母さまと斬り殺された永井主水正さま……」

彦兵衛は、茶を淹《い》れて左近に差し出した。

「忝《かたじけな》い。拘わりありましたか……」

「ええ。二人は若い頃、学問所や剣術道場で一緒でしたよ」

彦兵衛は、茶を啜った。

「ならば、友ですか……」

「さあて、友と云えるかどうかは分かりませんが、連《つる》んでいた時があったとか……」

彦兵衛は苦笑した。

「連んでいた時……」

左近は眉をひそめた。

「ええ。連んで何をしていたのか……」

彦兵衛は苦笑した。

「そして、そいつを恨み続けている者もいるかもしれませんか……」

左近は、彦兵衛の腹の内を読んだ。

「ええ。左近さん、御公儀は此度《こたび》の一件で柴崎家と永井家の御家《おいえ》取り潰しを考えているとか……」

「取り潰しですか……」

「柴崎家と永井家が一緒に取り潰されるとなると、やはり若い頃に連んでやった事と拘わりがあるのかもしれません」

彦兵衛は読んだ。

「若い頃に連んでいた二人に対する遺恨《いこん》、恨みですか……」

左近は、冷ややかな笑みを浮かべた。

「かもしれません。引き続き、房吉が二人が連んでいた頃の事を調べています」

「そうですか……」

左近は頷いた。

「で、青柳平九郎は……」

「らしい侍が本郷の寺の家作にいると聞いて、行ってみたのですが、血が飛び散っているだけで誰もいませんでした……」

「血が……」

彦兵衛は眉をひそめた。

「ええ。夜にまた、行ってみます」

左近は告げた。

「そうですか、気を付けて下さいよ」

「ええ……」

左近は、不敵な笑みを浮かべて頷いた。

神田川の流れに夕陽が映えた。

左近は、公事宿『巴屋』のある馬喰町から神田川沿いの柳原通りに向かった。

柳原通りを行き交う人は減り、神田川から吹き抜ける風は柳並木の枝葉を揺らしていた。

左近は、柳原通りを柳森稲荷に向かった。

誰かが見ている……。

左近は、己を見詰める視線を感じ、尾行《つけ》て来る者に気が付いた。

誰だ……。

左近は、歩調を変えず、辺りを見廻しもしないで進んだ。

尾行者は、一定の距離を保って追って来る。

左近は、柳森稲荷の前を通り過ぎて神田八つ小路に向かった。

神田八つ小路には、多くの人が行き交っていた。

左近は、行き交う人の中を八つの道筋の一つである神田須田町の道筋に進んだ。

風呂敷包みを持ったお店者《たなもの》が、一定の距離を保って付いて来る。

奴か……。

左近は、お店者が尾行者だと睨んだ。

人混みに紛《まぎ》れて始末するか……。

それとも、撒いて素性《すじょう》を確かめるか……。

左近は、神田須田町の通りに進みながら懐《ふところ》から小さく折り畳《たた》んだ紙を落とした。

折り畳んだ紙は転がった。

尾行《つけ》ていたお店者は、左近の落とした小さく折り畳まれた紙に気が付き、素早く駆け寄って拾い上げて左近を見た。

いない……。

神田須田町の通りに左近はいなかった。

お店者は驚き、狼狽《うろた》えて須田町の通りに左近を捜した。

だが、左近は通りの何処にもいなかった。

お店者は、小さく折り畳まれた紙を広げた。

紙には何も書かれていなかった。

撒かれた……。

お店者は、尾行が失敗したのを知り、折り畳まれた紙を腹立たし気に握り潰して投げ棄てた。そして、肩を落として反対側の昌平橋に向かった。

左近が、並ぶ商店の路地から現れた。

素性を突き止める……。

左近は、お店者を追った。

お店者は、神田川に架かっている昌平橋を渡り、明神下《みょうじんした》の通りに進んだ。

左近は追った。

夕暮れ時。

お店者は、明神下の通りを不忍池《しのばずのいけ》に向かっていた。

左近は尾行た。

足取りや身のこなしから見て忍びの者……。

左近は見定めた。

忍びの者なら傀儡の百鬼の配下の丹波忍びなのか……。

左近は、お店者を尾行た。

不忍池には月影が映え、畔《ほとり》を行《い》き交《か》う者も途絶えた。

お店者は、不忍池の畔に佇んだ。

左近は、木陰から見守った。

お店者は、振り返り様《ざま》に左近に十字手裏剣《じゅうじしゅりけん》を放った。

十字手裏剣は左近に迫った。

左近は、咄嗟に木陰に隠れた。

十字手裏剣は、左近の顔の前の木の幹に突き刺さった。

左近は、木陰から飛び出そうとした。

刹那、背中に苦無《くない》の鋒《きっさき》が突き付けられた。

「動くな……」

お店者は、嘲りを滲ませて囁《ささや》いた。

「撒かれた振りをして、誘ったか……」

左近は苦笑した。

「何処の忍びだ……」

お店者は、苦無の鋒を押し付けた。

「丹波忍び……」

左近は囁いた。

「何……」

お店者は狼狽えた。

次の瞬間、左近は木立の枝を摑《つか》んで地を蹴って跳んだ。

お店者は、追い掛けようとした。

左近は、木立を跳び廻り、一瞬にしてお店者の背後に廻り、苦無を奪って突き付けた。

お店者は怯んだ。

「傀儡の百鬼配下の丹波忍びか……」

左近は笑い掛けた。

「お、お前は……」

お店者は、苦し気に身を捩《よじ》った。

「江戸のはぐれ忍び……」

左近は告げた。

「江戸のはぐれ忍び……」

お店者は、戸惑いを過ぎらせた。

「して、傀儡の百鬼は何処にいる……」

左近は、苦無を押し付けた。

「し、知るか……」

お店者は、声を震わせた。

やはり、噂通り、丹波忍びの傀儡の百鬼は江戸に来ているのだ。

左近は確信した。

「傀儡の百鬼は青柳平九郎を人斬り鬼と化して操っているのか……」

左近は尋ねた。

「知らぬ……」

「何……」

「たとえ知っていても云うものか……」

お店者は振り返り、苦無を無視して左近に抱きついた。

苦無がお店者の腹に突き刺さった。

左近は跳び退こうとした。

お店者は、左近を強く抱き締めた。

微かに火薬の臭いがした。

お店者は、左近を自爆の道連れにしようとしている。

左近は、お店者を引き離そうとした。だが、お店者は離れようとしなかった。

火薬の臭いが鼻を突いた。

刹那、左近はお店者に抱きつかれたまま不忍池に飛び込んだ。

水飛沫が大きくあがり、月明かりに煌《きら》めいた。

左近とお店者は、不忍池の底に沈んだ。

やがて、水面に赤い血が広がり、お店者の死体が浮かんだ。

左近は浮かび上がらず、不忍池に静寂が漂った。


不忍池の畔には越後《えちご》国高田《たかだ》藩江戸中屋敷と加賀《かが》国大聖寺《だいしょうじ》藩江戸上屋敷があり、その間の道を進むと湯島天神《ゆしまてんじん》裏の切通《きりどお》しに出る。

左近は、濡れた着物を纏《まと》ったまま切通しを足早に進んだ。

切通しは本郷の通りに出る。

左近は、宝泉寺の家作に向かっていた。

宝泉寺は山門を閉じていた。

左近は、土塀を跳び越えて境内に忍び込み、裏手の家作に走った。
家作の雨戸は閉められていた。
左近は家作を窺った。
雨戸や窓から明かりは洩れていなかった。
誰もいないのか……。
左近は睨み、家作に忍び込んだ。

暗い家作には血の臭いが微かに漂っていた。
左近は、暗がりを透かし見ながら人の気配を捜した。
人の気配はなかった。
昼間と同じに青柳平九郎はいない……。
左近は見定めた。
本堂から住職の読む経《きよう》が聞こえて来た。
経は朗々と夜の闇に響き渡った。

三

柳森稲荷前の葦簀掛けの飲み屋は小さな明かりを灯し、横手の縁台では三人の人足が安酒を楽しんでいた。

左近は、葦簀掛けの飲み屋の周りの闇を窺った。

不審なところはない……。

左近は見定めた。

だが、丹波忍びに尾行《つけ》られた今、警戒し過ぎることはない。

左近は、辺りの闇に鋭い殺気を放った。

殺気に対する反応はない……。

左近は、漸《ようや》く柳森稲荷前の空き地に進んで葦簀掛けの飲み屋に向かった。

「おう……」

嘉平は、いつも通りに左近を迎えた。

左近は、本郷北ノ天神で幼子と遊ぶ侍が宝泉寺という寺の家作にいるのを突き止め、訪れた事を告げた。

「で、その侍、青柳平九郎だったのか……」

嘉平は尋ねた。

「そいつが、座敷に血が飛び散っているだけで、家作には誰もいなかった」

左近は告げた。

「そうか。血が飛び散っているだけで、誰もいなかったか……」

嘉平は眉をひそめた。

「何か心当たり、あるのか……」

左近は訊《き》いた。

「うむ。ひょっとしたら、青柳平九郎、始末されたのかもしれない……」

嘉平は、厳しい面持ちで告げた。

「始末された……」

左近は眉をひそめた。

「うむ。新たな噂じゃあ、傀儡の百鬼、人斬りを作って操り、役目が済めば、情け容赦なく始末するそうだ」

嘉平は、微かな怒りを過ぎらせた。

「役目が済めば、始末する……」

「ああ。人を道具扱いだ……」

嘉平は吐き棄てた。

「ならば、青柳平九郎も……」

「役目を終えて、百鬼に殺されたのかもしれねえ」

嘉平は読んだ。

「もし、そうだとしたなら、青柳平九郎が終えた役目とは……」

「奉公先だった旗本の柴崎頼母と襲撃先の永井主水正の抹殺《まっさつ》……」

「嘉平の父っつあんもそう読むか……」

「ああ……」

「巴屋の彦兵衛の旦那の話では、柴崎頼母と永井主水正、若い頃には連んでいたそうだ」

左近は告げた。

「その辺りだな……」

嘉平は頷いた。

「うむ。傀儡の百鬼、若い頃に連んでいた柴崎頼母と永井主水正に遺恨を抱く者の依頼で青柳平九郎を人斬り鬼と成し、操ったのかもしれない……」

左近は読んだ。

「そして、役目を終えた……」

嘉平は苦笑した。

「うむ。それから、丹波忍びに尾行《つけ》られた」

左近は、嘲りを浮かべた。

「丹波忍びに……」

「ああ……」

「で、どうした……」

「撒いて背後を取り、傀儡の百鬼の許《もと》に行くかどうか尾行たのだが……」

「誘いだったか……」

嘉平は睨んだ。

「ああ。で、不忍池で始末した」

「そうか。丹波忍びも動き出したか……」

嘉平は、小さく笑った。

「ああ……」

左近は、不敵な笑みを浮かべた。

外の縁台で安酒を飲んでいた人足たちは、屈託《くったく》のない楽し気な笑い声をあげた。

鉄砲洲《てっぽうず》波除《なみよけ》稲荷の境内は、潮の香りと鷗《かもめ》の鳴き声に満ちていた。

左近は、境内の端に佇んで江戸湊《みなと》の輝きを眩《まぶ》しそうに眺めていた。

潮風が左近の鬢《びん》の解《ほつ》れ毛《げ》を揺らしていた。

「やっぱり、此処《ここ》でしたか……」

公事宿『巴屋』下代《げだい》の房吉がやって来た。

「やあ。何か分かりましたか……」

左近は、笑顔で迎えた。

「ええ。昨夜、柴崎頼母、御公儀に切腹を命じられて死にましたよ」

房吉は告げた。

柴崎頼母は、青柳平九郎が奉公していた旗本家の主だ。

「そうですか……」

此れで、若い頃に連んでいた旗本の柴崎頼母と永井主水正は死んだ。

青柳平九郎は、人斬り鬼としての役目を果たしたと云えるのかもしれない。

「で、永井と柴崎が若い頃に連んでやっていた事ですが、かなり悪辣《あくらつ》な真似もしていましたよ」

「悪辣な真似ですか……」

「ええ。二十年ぐらい前になりますか、柴崎頼母と永井主水正は、上野元黒門《うえのもとくろもん》町《ちょう》の料理屋の女将《おかみ》を手籠《てご》めにして無理矢理に居続けをしましてね。訴え出ようとした旦那は、何故か不忍池に身投げをしてしまい。女将さんは小さな子供を連れて出て行ったってのがありましてね。酷《ひど》い奴らですよ……」

房吉は、腹立たし気に告げた。

「料理屋の名は……」

「池ノ屋《いけのや》です……」

「池ノ屋。女将さんと小さな子供、出て行ってどうなったんですか……」

「そいつは分かりません」

「じゃあ、池ノ屋は……」

「そいつも良く分かりませんが、今、ないところをみると、潰れたのかも……」

房吉は首を捻った。

「そうですか……」

「行きますか、上野元黒門町に……」

房吉は、左近の動きを読んだ。

「ええ……」

左近の鬢の解れ毛は、吹き抜ける潮風に揺れた。

下谷《したや》広小路は、東叡山寛永寺《とうえいざんかんえいじ》や不忍池弁財天《べんざいてん》の参拝客で賑《にぎ》わっていた。

左近と房吉は、下谷広小路の人混みを抜けて不忍池近くの上野元黒門町に進んだ。

左近と房吉は、上野元黒門町で不忍池の畔に二十年ぐらい前にあった料理屋『池ノ屋』の跡を探した。

「あの薬種屋《やくしゅ》の辺りでしょうね。料理屋の池ノ屋があったのは……」

房吉は、不忍池の畔近くにある薬種屋を示した。

「そうですか……」

左近は、客の出入りしている薬種屋を眺めた。

二十年ぐらい前、此処に柴崎頼母と永井主水正が女将を手籠めにして居続けをした料理屋『池ノ屋』があった。

その後、料理屋『池ノ屋』の主は不忍池に身投げをし、女将は幼い子供を連れて出て行った。

「さあて、ちょいと聞き込みますか……」

房吉は、辺りを見廻した。

「聞き込むといっても二十年ぐらいも前の事です。知っている人、いますかね」

左近は、首を捻った。

「此の先の甘味処《かんみどころ》の大女将、巴屋の婆《ばあ》やのお春さんが娘の頃の奉公先の朋輩《ほうばい》だそうです」

房吉は苦笑した。

「えっ、お春さんが娘の頃の……」

左近は、お春の娘の頃を想像し、微かな戸惑いを覚えた。

「ええ。行ってみましょう」

房吉は、抜かりなく下調べをしていた。

左近は、房吉に続いた。

甘味処『手まり』は、参拝客や遊び客で賑わっていた。

左近と房吉は、片隅で茶を啜りながら大女将の来るのを待った。

「お待たせしました。手まりの大女将のおとよです。お春ちゃんの知り合いだって……」

大女将のおとよは、小柄な丸い身体を運んで来た。

「はい。こちらは左近さん、あっしは房吉って者でして、お春さんから此の界隈の事は手まりのおとよさんが良く知っていると聞いて来ました」

房吉は笑い掛けた。

「お春ちゃん、変わりはないかい……」

おとよは、懐《なつ》かしそうに尋ねた。

「そりゃあもう。達者にしていますよ」

「そりゃあ良かった。で、何ですか、訊《き》きたい事ってのは……」

「そいつなんですが、大女将さん、二十年ぐらい前に不忍池の畔にあった池ノ屋って料理屋を覚えていますか……」

房吉は、大女将のおとよに訊いた。

「ああ、池ノ屋さん、覚えていますよ」

おとよは眉を曇らせた。

「旦那が不忍池に身投げをした後、池ノ屋がどうなったか、ご存知ですかい……」

「居続けた旗本の馬鹿息子たちが、池ノ屋の沽券状《こけんじょう》を勝手に売り飛ばしましてね……」

おとよは腹立たし気に告げた。

「沽券状を勝手に売り飛ばした……」

房吉は眉をひそめた。

〝沽券状〟とは、売渡しの証文だ。

「で、池ノ屋は……」

房吉は尋ねた。

「小間物屋《こまものや》になったり料理屋になったりして、五年前から今の薬種屋さんになったんですよ」

「して、出て行った女将さんと子供たちは……」

左近は尋ねた。

「可哀想におすみさん、池ノ屋の女将さんですがね。二人の子供を連れて実家に帰った筈ですよ」

「実家は何処ですか……」

「向島《むこうじま》だと聞きましたけど、詳しくは……」

「分かりませんか……」

「ええ。大体、旦那の善次郎《ぜんじろう》さんの身投げだって、旗本の馬鹿息子たちが殺したって噂もあったぐらいでしてね」

「馬鹿息子たちが殺した……」

左近は眉をひそめた。

「ええ。噂ですがね。でも、私らは皆、馬鹿息子たちが身投げに見せ掛けて善次郎さんを殺したって思っていましたよ。気の毒に……」

おとよは、料理屋『池ノ屋』の善次郎とおすみ夫婦に深く同情していた。

「そうですか。して、二人の子供は……」

「確か女の子と男の子の姉弟で、当時は八歳と五歳ぐらいでしたか……」

おとよは、遠い昔を思い浮かべた。

「って事は、今は二十八歳に二十五歳ぐらいになりますか……」

房吉は読んだ。

「ええ……」

「名前は……」

「さあ、何て云ったかしら……」

おとよは首を捻った。

「覚えちゃあいませんか……」

左近は念を押した。

「ええ。でも、今頃きっと、あの時の旗本の馬鹿息子たちを恨み、殺してやりたいと思っていますよ。うん……」

おとよは、自分の言葉に頷いた。

「大女将さん、その旗本の馬鹿息子、柴崎頼母と永井主水正って云うんですが……」

「そうそう。確かそんな名前だったわね」

「二人共死にましたよ」

房吉は報《しら》せた。

「えっ。本当……」

おとよは驚いた。

「本当です」

「そう、それは良かった。おめでたい。お祝いの汁粉《しるこ》でも食べるかい。御馳走《ごちそう》するよ」

おとよは、喜びに声を弾ませた。

「いえ。それには及びません」

房吉は断った。

左近は苦笑した。

下谷広小路の蕎麦《そば》屋は混んでいた。

左近と房吉は、店の隅に座って蕎麦を食べ、酒を飲み始めた。

「柴崎頼母と永井主水正、酷い悪党でしたね」

房吉は呆《あき》れた。

「ええ……」

左近は、手酌で酒を飲んだ。

「左近さん、もしも今度の一件、池ノ屋の女将のおすみさんや子供たちが青柳平九郎を雇っての復讐《ふくしゆう》、仇討《あだう》ちだったらどうします」

房吉は、蕎麦を手繰《たぐ》りながら左近を窺った。

「池ノ屋の女房子供による仇討ちなら、直ぐに手を引きます」

左近は告げた。

「そうですよね……」

房吉は頷いた。

「だが、丹波忍びの傀儡の百鬼が絡んでいる限り、そうとも云い切れない……」

左近は告げた。

「じゃあ、此のまま探索を……」

房吉は、左近を窺った。

「続けます」

左近は頷いた。

「そうですか。じゃあ、あっしは向島に行って池ノ屋のおすみさんと子供たちの行方を追ってみますか……」

房吉は、手酌で己の猪口《ちょこ》に酒を満たした。

「そうして貰《もら》えますか……」

「ええ……」

房吉は、酒を飲んだ。

左近は、蕎麦を食べて酒を飲んだ。

蕎麦屋は客で賑わった。

宝泉寺の境内では掃《は》き集められた枯葉が燃やされ、煙が揺れながら立ち昇っていた。

左近は、山門を潜った。

「何方《どなた》ですか……」

左近は、掛けられた声に振り返った。

初老の寺男が、境内の土塀沿いの掃除の手を止め、怪訝《けげん》な眼を向けていた。

「やあ。青柳平九郎どのが宝泉寺の家作にお住まいだと聞いて来たのだが、おいでかな」

左近は、初老の寺男の出方を窺った。

「青柳平九郎さまですか……」

初老の寺男は眉をひそめた。

「左様……」

「青柳平九郎さま、確かに家作においでになられましたが、二、三日前から姿を消されましてね。今はいらっしゃらないのですよ」

初老の寺男は告げた。

「いない……」

「はい。家作の中には血が飛び散っていましてね……」

「血が……」

左近は、眉をひそめてみせた。

「ええ。一応、拭き取りましたけど……」

「青柳平九郎どの、どうかされたのかな」

「ええ。和尚《おしょう》さまと共に心配しているのですが……」

初老の寺男は、満面に困惑を浮かべた。

「そうか……」

初老の寺男の言葉は、左近の知っている事であり、偽りはなかった。

「はい……」

「ところで家作を借りに来たのは、青柳平九郎どの自身ですか……」

左近は尋ねた。

「いえ。和尚さまが明地の草むらに倒れていたのを連れて来たんです」

「和尚が……」

「はい。光雲《こううん》和尚さまにございます」

「光雲和尚、おいでになるかな……」

「それが、檀家《だんか》の法事で出掛けておりまして。きっと帰りは明日になるかと……」

「檀家、遠いのですか……」

左近は、微かな戸惑いを過ぎらせた。

「いえ。光雲和尚さま、お酒を飲み始めると止まらなくなりましてね」

初老の寺男は苦笑した。

「そういう事ですか……」

「お侍さま、光雲和尚さまに御用があるなら、明日の昼過ぎにお見えになるのが良いかと思いますよ」

初老の寺男は告げた。

「そうか。ならば、出直して来るか……」

左近は苦笑した。

左近は、初老の寺男に見送られて宝泉寺の山門を出た。

「あっ、お侍さま、手前は宝泉寺の寺男の善八《ぜんぱち》と申します。お名前は……」

初老の寺男は善八と名乗り、左近に名を尋ねた。

「善八さんか。私は日暮左近だ」

左近は、笑顔で名乗った。

「日暮左近さま……」

「うむ。ではな……」

左近は、善八に笑い掛け、土塀沿いの道を本郷の通りに向かった。

初老の寺男の善八は、左近を見送って宝泉寺の境内に戻って行った。

左近は、そのまま本郷の通りに進んだ。

宝泉寺に秘《ひそ》かに戻る小細工はしない……。

左近は、それとなく辺りを窺った。

もし、宝泉寺に丹波忍びが忍んでいたなら追って来るかもしれない……。

左近は、尾行者を警戒しながら本郷の通りに出た。

左近は本郷の通りを横切り、湯島天神裏の切通しに進んだ。

二人の托鉢《たくはつ》坊主が、いつの間にか背後から来ていた。
左近は、二人の托鉢坊主を窺った。
二人の托鉢坊主は、饅頭笠《まんじゅうがさ》を目深《まぶか》に被《かぶ》り、錫杖《しゃくじょう》を突いてやって来る。
只《ただ》の托鉢坊主か、それとも丹波忍びなのか。
見定める……。
左近は、いきなり湯島天神裏の雑木林に駆け込んだ。
二人の托鉢坊主は、慌《あわ》てて薄汚れた黒衣を翻《ひるがえ》して左近を追った。

丹波忍び……。
左近は見定め、雑木林で振り返った。
刹那、二人の托鉢坊主は十字手裏剣を左近に放った。
左近は、飛来した十字手裏剣を跳んで躱《かわ》し、托鉢坊主の一人に襲い掛かった。
托鉢坊主は、錫杖に仕込んだ刀を抜いた。
次の瞬間、左近は托鉢坊主の腹に鋭い蹴りを叩き込んだ。
托鉢坊主は、弾《はじ》き飛ばされて気を失った。
残る托鉢坊主は、錫杖の仕込刀《しこみがたな》を振るって左近に背後から斬り掛かった。

左近は、振り向き様に無明刀《むみようとう》を抜き打ちに一閃した。

閃きが瞬《またた》いた。

残る托鉢坊主は、胸元を横薙《よこな》ぎに斬られて倒れた。

左近は、無明刀を一振りして鞘に戻した。

雑木林には、幾つもの斜光が差し込んでいた。

四

托鉢坊主は気を取り戻した。

「気が付いたか……」

左近は笑い掛けた。

托鉢坊主は、手足を縛られて猿轡《さるぐつわ》を嚙《か》まされている己に気が付き、激しく狼狽《うろた》えた。

「此れから訊く事に、そうなら頷き、違うなら首を横に振れ。さもなければ、仲間の後を追って枯葉の中で眠るだけだ」

左近は、嘲笑《ちようしよう》を浮かべて囁いた。

托鉢坊主は、仲間の死を知って恐怖に震えた。

「丹波忍びか……」

左近は尋ねた。

托鉢坊主は頷いた。

「頭は傀儡《くぐつ》の百鬼《ひゃっき》だな……」

托鉢坊主は、躊躇《ためら》いがちに頷いた。

「傀儡の百鬼、何処にいる……」

托鉢坊主は、首を横に振った。

「知らぬか……」

左近は苦笑した。

托鉢坊主は、大きく頷いた。

「ならば訊くが、青柳平九郎を傀儡のように操り、人斬り鬼に仕立て上げたのは、傀儡の百鬼か……」

左近は、托鉢坊主を見据《みす》えた。

托鉢坊主は眼を逸《そ》らし、頷くのを躊躇った。

「今更《いまさら》、躊躇う事もあるまい。青柳平九郎を人斬り鬼に仕立てたのは、傀儡の百鬼だな」

左近は、嘲りを浮かべた。

托鉢坊主は、眼を逸らしたまま頷いた。

「して、傀儡の百鬼、役目を終えた青柳平九郎を始末したか……」

左近は、托鉢坊主を見据えた。

托鉢坊主は、首を横に振った。

「違うのか……」

左近は訊いた。

托鉢坊主は頷いた。

「始末しようとしたが、逃げられたか……」

左近は読んだ。

托鉢坊主は頷いた。

「ならば、宝泉寺の家作に飛び散っていた血は襲って斬られた忍びの血か……」

左近は睨んだ。

托鉢坊主は頷いた。

「そうか。して、青柳平九郎が逃げた先は……」

托鉢坊主は、左近の問いに首を横に振った。

「分からないか……」

左近は、青柳平九郎が傀儡の百鬼に人斬り鬼にされた。そして、役目を果たした用済みの道具として命を狙われ、切り抜けて逃走したのを知った。

哀れな……。

左近は、人斬りにされた挙句《あげく》に殺され掛けた青柳平九郎に微かな哀れみを浮かべた。

托鉢坊主は、僅かに踠《もが》いた。

「して、宝泉寺の住職光雲、丹波忍びか……」

左近は、小さく笑って訊いた。

托鉢坊主は、知らぬと首を横に振った。

「そうか、知らぬか……」

左近は頷いた。

此れ迄だ……。

左近は、冷ややかな笑みを浮かべた。

刹那、托鉢坊主は身を投げて転がり、黒衣を脱ぎ棄てた。

黒衣には縛っていた縄が巻き付いていた。

縛っていた縄は緩《ゆる》く、托鉢坊主は縄抜けの技を使ったのだ。

托鉢坊主は猿轡を外し、傍らにあった饅頭笠の縁《へり》から薄い鋼《はがね》を抜き出して鞭《むち》のように振るった。

薄い鋼は撓《しな》り、空《くう》を短く斬り裂いた。

左近は、跳び退いて躱した。

托鉢坊主は、跳ね起きて雑木林の外に向かって走った。

左近は追った。

落葉が舞った。

托鉢坊主は、雑木林を走り出ようとした。

刹那、塗笠《ぬりがさ》を被った着流しの侍が行く手に立ちはだかった。

托鉢坊主は怯んだ。

左近は戸惑った。

次の瞬間、塗笠を被った侍は、托鉢坊主に抜き打ちの一刀を浴びせた。

血が飛んだ。

託鉢坊主は、額を斬られて大きく仰け反り斃《たお》れた。

左近は、塗笠を被った侍を見据えた。

塗笠を被った侍は、鋒《きつさき》から血の滴る刀を提《さ》げて左近に向かって踏み出した。

左近は、棒手裏剣を放った。

棒手裏剣は、着流しの侍の被った塗笠を弾き飛ばした。

塗笠を飛ばされた着流しの侍は、青柳平九郎だった。

「青柳平九郎……」

左近は眉をひそめた。

「おぬし……」

青柳平九郎は、左近を見詰めた。

その眼は滑り輝いてはいなく、哀しみに満ちていた。

傀儡の百鬼の呪縛《じゅばく》から解き放されている……。

左近は睨んだ。

「名は……」

青柳平九郎は尋ねた。

「日暮左近……」

左近は名乗った。

「日暮左近か……」

「うむ……」

「丹波忍びの傀儡の百鬼の命、狙っているのか……」

「人を操り、使い棄ての道具のように扱う傀儡の百鬼、とても許せるものではない……」

左近は、怒りを過ぎらせた。

「おぬし、そう思うか……」

青柳平九郎は微笑《ほほえ》んだ。

「うむ……」

左近は頷いた。

「ならば、傀儡の百鬼の首、必ず獲ってくれ」

青柳平九郎は、左近に鋭く斬り掛かった。

左近は、咄嗟に跳び退いた。

青柳平九郎は、尚《なお》も左近に鋭く斬り込んだ。

左近は、鋭い斬り込みを必死に躱した。

刀が煌めき、刃風が鳴った。
左近は、鋭く斬り付ける青柳平九郎に微かな安堵《あんど》が滲んでいるのに気が付いた。
青柳平九郎……。
左近は戸惑った。
刹那、青柳平九郎は鋭く踏み込んで必殺の一刀を放った。
斬ってくれ……。
左近は、青柳平九郎の必殺の一刀に込められた悲痛な叫びを聞いた。
これ迄だ……。
左近は僅かに腰を沈め、無明刀を一閃した。
閃光が交錯した。
左近と青柳平九郎は、残心《ざんしん》の構えを取った。
僅かな刻が過ぎた。
青柳平九郎は、微笑みを浮かべて横倒しに崩れた。
左近は、残心の構えを解き、倒れた青柳平九郎の傍《そば》にしゃがみ込んだ。
「青柳平九郎……」
左近は、微笑みを浮かべて息絶えている青柳平九郎に囁き掛けた。

青柳平九郎は、傀儡の百鬼に人斬り鬼にされて多くの人を斬り棄てた。そして、その罪を償《つぐな》うため、左近に斬られて安堵の微笑みを浮かべて滅び去った。

此れで良いのか……。

左近は、怒りを覚えながらも青柳平九郎の死体に手を合わせた。

夕暮れ時の雑木林に風が吹き抜け、枯葉が巻かれるように飛んだ。


隅田川《すみだがわ》に夕陽が映えた。

向島の土手道の桜並木は、隅田川から吹く川風に緑の枝葉を揺らしていた。

房吉は、桜餅で名高い長命寺《ちようめいじ》門前の茶店の縁台に腰かけ、夕陽を浴びて隅田川を行く船を眺めていた。

「それで、捜し人は見付かったかい……」

茶店の老亭主は、房吉に茶を持って来て尋ねた。

「いえ。何分にも二十年も昔の事ですから、なかなか……」

房吉は苦笑し、美味《うま》そうに茶を飲んだ。

二十年前、上野元黒門町の料理屋『池ノ屋』の女将おすみは、二人の子供を連れて向島の実家に戻った。そして、今も向島の何処かで暮らしているのか、それとも既に立ち退いているのか……。

房吉は捜し歩き、見付けられずに最初に尋ねた茶店に戻って来ていた。

「そうかい。ま、向島も広いから気長に捜すんだね」

老亭主は、房吉を励ました。

「ええ……」

房吉は茶を飲んだ。

夕陽は沈み、隅田川は薄暮の青黒さに覆われていった。

柳森稲荷の鳥居前の空き地では、古着屋、古道具屋、七味唐辛子売りも帰り、奥の葦簀掛けの飲み屋だけが小さな明かりを灯していた。

左近は、鳥居前の空き地と葦簀掛けの飲み屋の周辺を窺った。

人影はない。

左近は、辺りに殺気を放った。

殺気に対する反応はなく、潜んでいる者はいない。

左近は見定め、葦簀掛けの飲み屋に進んだ。

いた。


「邪魔をする……」

左近は、葦簀掛けの飲み屋に入った。

「おう。やっぱり、お前さんだったか……」

亭主の嘉平は、左近の放った殺気を感じ取り、湯吞茶碗に酒を満たして待って
「うむ……」

流石《さすが》は、江戸のはぐれ忍びを束ねている嘉平だ。歳《とし》を取っても油断はない。

左近は苦笑した。

「で、何か分かったか……」

「やはり、青柳平九郎、丹波忍びの傀儡の百鬼に人斬り鬼にされ、旗本の柴崎頼母と永井主水正を始末し、用済みになって葬られそうになった……」

左近は告げた。

「やはりな。で、柴崎と永井はどうして殺されたのだ」

「どうやら、若い頃に連んで働いた悪事の報《むく》いのようだ」

左近は冷笑した。

「じゃあ何か、柴崎と永井を恨んでいる者が傀儡の百鬼に遺恨を晴らしてくれと

頼んだのか……」

嘉平は読んだ。

「おそらく……」

左近は頷いた。

「そうか。で、青柳平九郎を操り、人斬り鬼に仕立てたか……」

「うむ。哀れなのは青柳平九郎だ……」

左近は、怒りを静かに過ぎらせた。

「哀れか……」

嘉平は、左近の怒りに気が付いた。

「ああ。用済みとなったと傀儡の百鬼に討手《うつて》を仕掛けられ、辛《かろ》うじて逃れたが、術が解けて己の罪深さに打ちのめされ、私の前に斬ってくれと現れた……」

「お前さんの前に……」

嘉平は驚いた。

「うむ……」

左近は頷いた。

「で、斬ったのか……」

嘉平は眉をひそめた。

「斬らねば斬られた……」

左近は、湯呑茶碗の酒を飲んだ。

「そうか……」

嘉平は頷いた。

「ああ。で、丹波忍び、嗅《か》ぎ廻《まわ》る私に気が付いたようだ」

左近は冷笑した。

「丹波忍びがうろつき始めたか……」

嘉平は苦笑した。

「ああ。此処に来る前、私の後を尾行《つ》けて来た托鉢坊主に化けた丹波忍びを二人、始末した……」

左近は嘲笑した。

「そうか。で、どうする……」

嘉平は、左近の出方を窺った。

「降り掛かる火の粉は、容赦なく斬り棄てる。それが青柳平九郎と青柳に斬り殺された者たちへの供養……」

左近は、不敵な笑みを浮かべた。

「うむ……」

嘉平は頷いた。

左近は、湯呑茶碗の酒を飲んだ。

「それにしても傀儡の百鬼。何処に潜み、次は何をする気なのか……」

嘉平は眉をひそめた。

「うむ……」

左近は、厳しい面持ちで頷いた。

夜廻りの木戸番の打つ拍子木の音が、夜の闇に甲高く鳴り響いた。

不忍池の水面に魚が跳ね、小さな波紋を幾つも重ねた。

畔にある料理屋『花里《はなさと》』からは、三味線《しゃみせん》の音が洩れていた。

「お約束の二百両でございます」

金貸しの清兵衛《せいべえ》は、袱紗《ふくさ》に包んだ八つの切《き》り餅《もち》を十徳《じっとく》を着た初老の男に差し出した。

十徳を着た初老の男は、袱紗の中の八つの切り餅を検《あらた》めた。

「二百両、確かに……」

十徳を着た初老の男は頷き、控えていた若い弟子に袱紗包みの切り餅を渡し、代わりに一枚の証文を受け取り、清兵衛に差し出した。

「此れが借用証文だ……」

清兵衛は、差し出された借用証文を手に取って黙読した。

借用証文には、『金二百両、確かに借用致します。布袋屋清兵衛どの、茶道指南一色京庵』と書き記され、印判が押されていた。

「結構にございます」

清兵衛は、借用証文を黙読して一色京庵《いつしききようあん》に笑顔で会釈《えしやく》をした。

「そうですか……」

十徳を着た初老の男、一色京庵は頷いた。

「ささ、一色さま……」

清兵衛は、一色京庵に酒を酌した。

「うむ……」

「お大名《だいみよう》やお旗本家の茶《ちや》の湯《ゆ》指南として名高い一色さまなら借用証文など、お書きいただかなくても結構なのでございますが、何しろ二百両もの大金なので……」

清兵衛は笑った。

「いや。清兵衛、金を借りた限りは、借用証文を書くのは当たり前。だが、此の事は他言無用《たごんむよう》。くれぐれも内密にな……」

一色京庵は、清兵衛に笑顔で頼んだ。

「はい。それはもう、仰《おつしや》る迄《まで》もなく……」

清兵衛は、笑みを浮かべて頷いた。

「ま、その代わりと申してはなんですが、今後、金子《きんす》の入り用な大名旗本家の方々を秘かに御引き合わせ致しますぞ」

一色京庵は、清兵衛に探る眼を向けた。

「それはそれは、ありがとうございます」

清兵衛と一色京庵は、秘密を共有した仲間のように笑い、酒を酌み交わした。

不忍池に月影は映えた。

金貸し清兵衛は、手代を従えて畔を進んだ。

「旦那、一色京庵さまのお蔭でお武家にも客を広げられますね」

手代は笑った。

「ああ。一色京庵、自分の借金を帳消しにしたい一心だ」

清兵衛は、一色京庵の腹の内を読んだ。

「狡猾《こうかつ》な野郎ですね」

「いくら客を紹介しても、二百両は必ず取り立ててやるぜ」

清兵衛は嘲笑した。

刹那、雑木林の暗がりから忍びの者が現れ、清兵衛と手代に襲い掛かった。

清兵衛と手代は、一瞬で当て落とされて気を失った。

忍びの者は、気を失った清兵衛の懐から一枚の証文を探し出した。そして、証文が一色京庵の借用証文だと見定めた。

「奪い返したか……」

夜の闇から一色京庵が現れた。

「ああ……」

忍びの者は一色京庵の弟子であり、清兵衛から奪い取った借用証文を差し出した。

一色京庵は、借用証文を検め、滑り輝く眼に酷薄《こくはく》な笑みを滲ませた。

一色京庵は弟子を鬼麿と呼んで、倒れている清兵衛と手代の始末を促した。

「心得ている……」

鬼麿は微笑んだ。そして、清兵衛を不忍池に引き摺《ず》り、その顔を水の中に押し込んだ。

清兵衛は、気を取り戻して踠《もが》いた。

だが、鬼麿に容赦はなかった。

清兵衛は踠き続けた。

水飛沫があがり、波紋が広がった。

清兵衛は、やがて動かなくなった。

鬼麿は、清兵衛の死を見届けて不忍池に投げ込んだ。

水飛沫が煌めいた。

鬼麿は、手代も同じようにして殺し、不忍池に死体を投げ込んだ。

「欲に塗《まみ》れた金の亡者《もうじゃ》か……」

一色京庵は、不忍池に沈んで行く清兵衛と手代を冷酷に見送った。

滑り輝く眼で……。

「そうですか、料理屋池ノ屋の女将のおすみと子供たち、見付かりませんか……」

左近は眉をひそめた。

「ええ。何しろ二十年ぐらいも前の事ですからね。おすみの両親も亡くなり、既に何処かに引っ越したのかもしれません」

房吉は読んだ。

「ええ……」

左近は頷いた。

「ま、もう少し、捜してみますがね」

「お願いします」

左近は頭を下げた。

「やあ。此処でしたか……」

主の彦兵衛が、左近と房吉のいる下代部屋に入って来た。

「お帰りなさい……」

「やあ……」

房吉と左近は、彦兵衛を迎えた。

「北町奉行所で面白い事を聞いて来ましたよ」

彦兵衛は、笑みを浮かべた。

房吉は、茶を淹れて彦兵衛に差し出した。

「面白い事ですか……」

彦兵衛がわざわざ面白い事と云うのは、丹波忍びの傀儡の百鬼に拘わりがあるからだ。

左近は読んだ。

「ええ。江戸でも質《たち》が悪くて悪辣《あくらつ》だと評判の金貸しの何人かが、行方《ゆきがた》知れずになっているそうですよ」

彦兵衛は、興味深げに告げた。

「悪辣な金貸しが行方知れず……」

左近は眉をひそめた。

「ええ。行方知れずになっている金貸しの一人は布袋《ほてい》屋清兵衛といいましてね。二百両もの金を持って手代と出掛け、そのまま姿を消してしまったそうです」

「手代もですか……」

房吉は、戸惑いを滲ませた。

「ああ。家の者の話では、客に二百両の金を貸すと云って手代をお供に出掛けたそうだ」

「客というのが誰かは……」

左近は尋ねた。

「そいつが、清兵衛さんは内緒にしていましてね。客が何処の誰か分からないそうですよ」

彦兵衛は苦笑した。

「そうですか……」

左近は、厳しさを過ぎらせた。

「何だか、甘い言葉で口止めをされて釣られたようですね」

房吉は読んだ。

「ええ。悪辣だと評判の金貸しです。きっと客の云う通りにすれば、利益を得られる、儲《もう》かると思っての事でしょう」

左近は睨んだ。

「左近さん、今度の金貸しの件、青柳平九郎の一件と拘わりがあるとは思えませ

ん か……」

彦兵衛は笑った。

「あるかもしれませんね……」

左近は頷いた。

「旦那、浜町堀《はまちようぼり》は高砂町《たかさごちよう》の金貸し長次郎《ちようじろう》は無事でいるんですかね」

房吉は眉をひそめた。

「さあてねえ……」

彦兵衛は首を捻った。

「金貸し長次郎、悪辣な金貸しなんですか……」

左近は尋ねた。

「ええ。金の亡者ですよ」

「房吉さん、長次郎の家、浜町堀は高砂町の何処ですか……」

「左近さん……」

「ちょいと気になりましてね。見て来ます。家は……」

「でしたら、あっしが向島に行く前にご案内しますよ」

「そうですか、助かります」

左近は、房吉と一緒に浜町堀は高砂町の金貸し長次郎の家に向かった。

# 第二章　守銭鬼《しゅせんき》

一

浜町堀の流れは緩やかであり、行き交う船の船頭の棹《さお》の先から飛び散る雫《しずく》は輝いた。

房吉と左近は、浜町堀沿いを南に進んだ。

浜町堀沿いには、元浜町《もとはまちょう》、富沢町《とみざわちょう》、高砂町と続き、房吉と左近は裏通りに進んだ。

高砂町の裏通りには、黒板塀《くろいたべい》の廻《まわ》された仕舞屋《しもたや》があった。

「此処《ここ》ですぜ。金貸し長次郎の家は……」

房吉は、黒板塀の廻された仕舞屋を示した。

「いますかね。長次郎は……」

左近は、黒板塀を廻した仕舞屋を眺めた。

お店《たな》の旦那風の男が、黒板塀の木戸門から出て来た。

「金を借りに来たんですかね……」

左近は眉をひそめた。

「長次郎がいるかいないか訊いて来ます」

房吉は、お店の旦那風の男に駆け寄った。

左近は、黒板塀に囲まれた仕舞屋の周囲に見張っている者を探した。

見た限りでは、見張っている者はいない……。

だが、何処《どこ》にどんな形で潜んでいるのかは分からない。

左近は、尚も仕舞屋の周囲を窺った。

「左近さん……」

房吉は、お店の旦那風の男の許《もと》から戻って来た。

「いるようですね、長次郎……」

左近は読んだ。

「ええ。小間物屋《こまものや》の旦那に金を貸してくれたそうですよ」

房吉は、去って行くお店の旦那を示した。

「そうですか……」

「ま、無事でいるなら、それで良いんですがね。じゃあ、あっしは向島に行って来ます」

「そうですか。私はもう暫《しばら》く怪しい奴が現れるかどうか、見張ってみます」

左近は、長次郎の黒板塀に囲まれた仕舞屋を眺めた。

「分かりました。ああ、それから金貸し長次郎、六十歳過ぎの痩《や》せた年寄りですよ。じゃあ……」

房吉は、金貸し長次郎の風体《ふうてい》を告げ、軽い足取りで向島に向かって行った。

左近は見送り、物陰に忍んで長次郎の黒板塀に囲まれた仕舞屋の見張りに就《つ》いた。

浜町堀を行く舟の櫓《ろ》の軋《きし》みが響き、刻《とき》が過ぎた。

仕舞屋の黒板塀の木戸門が開き、痩せた年寄りがお供の手代を従えて出て来た。

六十歳過ぎの痩せた年寄り……。

左近は、房吉の言葉を思い出した。

金貸し長次郎……。

左近は、手代を従えて出掛けて行く痩せた年寄りを金貸し長次郎だと見定めた。

よし、追おう……。

左近は、金貸し長次郎を追おうとした。

その時、托鉢坊主が路地から現れ、金貸し長次郎と手代を尾行《つけ》始めた。

丹波忍びか……。

左近は、金貸し長次郎と手代を尾行る托鉢坊主を追った。

やはり、金貸し行方知れずの裏には、丹波忍びの傀儡《くぐつ》の百鬼《ひやっき》が潜んでいるのかもしれない。

左近は知った。

浜町堀の流れは緩やかだった。

金貸し長次郎は、風呂敷包みを持った手代を伴って浜町堀沿いを北に進んだ。

托鉢坊主は尾行した。

左近は追った。

油断のない足取りと身の熟《こな》し……。

左近は、托鉢坊主を丹波忍びだと見定めた。

長次郎と手代は、浜町堀に架かっている汐見橋《しおみ》を渡り、通りを両国《りょうごく》広小路に進んだ。

両国広小路には見世物小屋と露店が連なり、多くの人で賑わっていた。

金貸し長次郎は、手代を従えて両国広小路から神田川に架かっている浅草《あさくさ》御門を渡った。

托鉢坊主は続いた。

浅草御門を出ると蔵前《くらまえ》の通りであり、浅草広小路に続いている。

金貸し長次郎の行き先は浅草……。

左近は読み、追った。

隅田川は、吾妻《あずま》橋からの下流を大川《おおかわ》と呼ばれている。

金貸し長次郎と手代は浅草広小路を横切り、吾妻橋の西詰から花川戸町《はなかわどまち》の隅田川沿いに進んだ。

托鉢坊主は尾行た。

左近は続いた。

丹波忍びの托鉢坊主は何を企《たくら》んでいる……。

傀儡の百鬼は現れるのか……。

左近は追った。


金貸し長次郎と手代は、隅田川沿いの道を花川戸町から山之宿町《やまのしゆくまち》に進み、料理屋の木戸門を潜った。

托鉢坊主は見届け、来た道を戻って行った。

左近は、料理屋に走り、川風に揺れている暖簾《のれん》に書かれた屋号を読んだ。

暖簾には、料理屋『川春《かわはる》』と書かれていた。

左近は見定めた。

陽は大きく西に傾き、隅田川を煌めかせた。

金貸し長次郎は、浜町堀から浅草山之宿町の料理屋『川春』にわざわざ料理を食べに来た訳ではない筈だ。

誰かと逢う……。

左近は読んだ。

逢う相手は金を借りる者ではない……。

金貸しは、金を貸す相手にわざわざ逢いに来る筈はない。

借りる者が、金貸しの許を訪れるのが普通だ。だが、借りる客がそれなりの者で大金を借りるとなると話は別なのかもしれない。

或《あ る》いは、借金と拘わりのない者と仕事以外の事で逢いに来たのかもしれない。

だが、もしそうなら手代をお供に連れて来るだろうか……。

そして、丹波忍びの托鉢坊主は、何処に行ったのか……。

左近は、想いを巡らせた。

若い男に付き添われた町駕籠《まち か ご》がやって来て、料理屋『川春』の前に停まった。

料理屋『川春』の客か……。

左近は、それとなく見守った。

町駕籠から十徳姿の初老の男が下り、お供の若い男を従えて料理屋『川春』の木戸門に入って行った。

誰だ……。

左近は、十徳姿の初老の男に興味を覚えた。

ひょっとしたら、金貸し長次郎の逢う相手かもしれない。

左近の勘が囁いた。

よし……。

左近は、料理屋『川春』の板塀沿いを裏に廻って行った。

左近は、料理屋『川春』の裏の板塀を越えて庭に忍び込んだ。

料理屋『川春』の庭は綺麗《きれい》に手入れがされており、奥に座敷が並んでいた。

並ぶ座敷では客が酒と料理を楽しんでおり、一室に金貸し長次郎と十徳姿の初老の男が言葉を交わしているのが見えた。

勘の囁き通りだ……。

左近は、並ぶ座敷の建物の縁の下に忍び込んだ。そして、長次郎と十徳姿の初老の男のいる座敷の下に進んだ。

開け放たれた座敷の障子は、夕陽に照らされた。

「それで、一色さま、手前が金子を用立てれば、お知り合いのお大名お旗本のお弟子にお引き合わせいただけるのでございますか……」

長次郎は、狡猾な笑みを浮かべた。

「如何《いか》にも。少なくとも此《こ》の一色京庵の茶の湯の弟子の大名旗本の御隠居や奥方、若さまお姫さまには……」

一色京庵は笑った。

茶の湯の宗匠《そうしょう》の一色京庵……。

左近は、縁の下に忍び、頭上の座敷の遣《や》り取りに耳を澄ませ、十徳姿の初老の男が茶の湯の宗匠の一色京庵だと知った。

「それはそれは、是非ともお引き合わせいただきたいものです」

金貸し長次郎は、茶の湯の宗匠の一色京庵と逢っている。

左近は、縁の下で己の気配を消し続けた。

「うむ。して長次郎、私の頼みは如何《いかが》なるのかな……」

一色京庵は酒を飲み、長次郎に笑い掛けた。

「それはもう……」

長次郎は、控えている手代を振り返った。

「はい……」

手代は、長次郎に細長い桐箱《きりばこ》を差し出した。

長次郎は、受け取った桐箱の蓋《ふた》を取って一色京庵に差し出した。

「ご依頼の二百両にございます」

差し出された桐箱には、八個の切り餅が並んでいた。

「うむ。確かに……」

一色京庵は、桐箱の中の切り餅を確かめて控えている弟子姿の鬼麿に目配せをした。

弟子姿の鬼麿は返事をし、一色京庵に一枚の証文を渡した。

「私の借用証文です」

一色京庵は、借用証文を長次郎に差し出した。

「これはこれは御丁寧《ていねい》に。確かに……」

長次郎は、借用証文に眼を通して懐に仕舞い込んだ。

「うむ。ならば、これからも宜《よろ》しくお願いしますよ」

一色京庵は、滑《ぬめ》り輝く眼で笑った。

「こちらこそ。ささ、一献《いっこん》……」

長次郎は、一色京庵に酒の酌をした。

一色京庵は、金貸し長次郎から二百両もの金を借りた。そして、茶の湯の弟子である大名旗本家の者を紹介すると約束した。

左近は、座敷の縁の下で聞き取った。

此《こ》れ迄《まで》だ……。

左近は、縁の下から素早く立ち退いた。


隅田川は夕闇に覆われ、料理屋『川春』は軒行燈《のきあんどん》に火を灯した。

左近は、裏路地から料理屋『川春』の表に戻った。

金貸し長次郎は、武家に客筋を広げようと、茶の湯の宗匠一色京庵に二百両もの金を用立てた。

よくある曰《いわ》く付きの金の貸し借り……。

今のところ、金貸し長次郎と茶の湯の宗匠《そうしょう》一色京庵に不審なところはない。

傀儡の百鬼が操る話とは思えない……。

左近は読んだ。

睨み違いだったか……。

左近は、長次郎と一色京庵の金の貸し借りを深読みしたと思った。

隅田川に船の明かりが行き交った。

料理屋『川春』の木戸門の内から賑やかな声が聞こえた。

左近は物陰に忍んだ。

金貸し長次郎と手代が、女将や仲居《なかい》たちに見送られて木戸門から出て来た。そして、隅田川沿いの道を吾妻橋の西詰に向かった。

女将と仲居たちは、長次郎と手代を見送って料理屋『川春』に戻った。

浜町堀高砂町の家に帰る……。

左近は見送った。

一色京庵の弟子の鬼麿が路地から現れ、長次郎と手代を追った。

左近は戸惑った。

一色京庵の弟子……。

左近は、物陰を出て長次郎と手代を追う弟子の鬼麿に続こうとした。

刹那《せつな》、十字手裏剣《かわ》が飛来した。

左近は、咄嗟《とっさ》に躱して十字手裏剣が飛来した料理屋『川春』の屋根を見上げた。

料理屋『川春』の屋根から、托鉢坊主が墨染《すみぞめ》の衣《ころも》を翻して跳び、左近に襲い掛かった。

後を尾行《つけ》て来て立ち去った丹波忍びの托鉢坊主……。

左近は身構えた。


隅田川沿いの道に行き交う人は途絶えた。

茶の湯の宗匠一色京庵の弟子の鬼麿は、長次郎と手代に向かって猛然と走った。

長次郎と手代は振り向いた。

弟子の鬼麿は、長次郎と手代に苦無《くない》を翳《かざ》して襲い掛かった。

長次郎と手代は、悲鳴を上げる間もなく首の血脈《けつみやく》を斬られて昏倒《こんとう》した。

弟子の鬼麿は、長次郎の懐から証文を奪い取った。そして、長次郎と手代を隅田川に転がり落とした。

長次郎と手代は、隅田川に落ちて水飛沫を上げ、ゆっくりと流れ始めた。

一瞬の出来事だった。

「鬼麿……」

一色京庵は、眼を滑り輝かせて闇から浮かぶように現れた。

「証文は奪い返した」

弟子の鬼麿は、嘲りを浮かべた。

「うむ……」

一色京庵は、滑り輝く眼で笑った。

丹波忍びの托鉢坊主は、錫杖《しやくじよう》に仕込んだ刀で左近に間断なく斬り付けた。

左近は、跳び退いて躱し続けた。

長次郎と手代はどうした……。

左近は焦った。

托鉢坊主の攻撃は続いた。

おのれ……。

左近は、鋭く斬り付ける托鉢坊主に無明刀を抜き打ちに放った。

閃光が走り、仕込刀を握る手が血を振り撒いて夜空に飛んだ。

無明刀は、仕込刀を握る托鉢坊主の手を両断した。

托鉢坊主は顔を醜《みにく》く歪め、斬られた手首から血を流して隅田川に飛び込んだ。

左近は、長次郎と手代、そして一色京庵の弟子を追って走った。

吾妻橋の西詰に近い隅田川沿いの道には、微《かす》かな血の臭いが漂っていた。

血の臭い……。

左近は、微かな血の臭いに気が付いて立ち止まり、周囲の闇を窺った。

金貸しの長次郎と手代の身に何かあったのか……。

左近は、周囲の闇に長次郎と手代を捜した。

だが、長次郎と手代はおろか誰もいなかった。

よし……。

左近は、金貸し長次郎の家がある浜町堀高砂町に急いだ。


暗い板の間の上座には、小さな明かりが浮かんだ。

丹波忍びの鬼麿は、下座で平伏《へいふく》した。

面具の半頰《はんぼお》で鼻と口元を隠した男が上座に滲《にじ》むように現れ、小さな明かりの傍に座った。

「戻ったか、鬼麿……」

「はっ。只今……」

「して、首尾《しゆび》は……」

「百鬼さまの企て通りに……」

鬼麿は報せた。

半頬を顔に当てた男は、丹波忍びの頭《かしら》の傀儡の百鬼だった。

「そうか……」

百鬼は頷いた。

「一色京庵の屋敷には、此れで千両の金が貯《た》め込まれました」

「千両か……」

「はい……」

「ならば、金の亡者の一色京庵、そろそろ御役御免《おやくごめん》か……」

百鬼は、その眼に酷薄な笑みを浮かべた。

「はい。ところで百鬼さま。今日、金貸し長次郎の見張りに就いた配下が戻りませぬ」

鬼麿は、厳しい面持ちで告げた。

「何……」

百鬼は眉をひそめた。

「おそらく、その身に何かが……」

鬼麿は読んだ。

「うむ。此れで何人目かな、戻って来ない配下は……」

「百鬼さま。ひょっとしたら、宝泉寺に青柳平九郎を訪ねて来た……」

「日暮左近と申す者か……」

百鬼は、その眼を妖しく輝かせた。

「はい。拘わりがあるやも……」

鬼麿は、百鬼の眼から逃れるように俯《うつむ》いて告げた。

「よし。鬼麿、術から逃れた青柳平九郎の行方も気になる。日暮左近なる者を調べてみろ」

百鬼は、その眼を妖しく輝かせて鬼麿に命じた。

「はっ。心得ました」

鬼麿は平伏した。

上座の小さな明かりが消え、傀儡の百鬼の姿は闇に覆われた。

二

「それで、金貸し長次郎と手代、浜町堀は高砂町の家に帰って来ちゃあいないんですか」

房吉は眉をひそめた。

「ええ……」

左近は、厳しい面持ちで頷いた。

昨夜、左近は浜町堀高砂町の長次郎の家に走り、戻っていないのを見定めた。

「じゃあ、長次郎も布袋屋清兵衛たち他の金貸し同様、姿を消した……」

房吉は読んだ。

「おそらく……」

左近は頷いた。

「そうですか……」

「房吉さん、金貸し長次郎、あれから浅草山之宿町の料理屋川春で一色京庵という茶の湯の宗匠に逢いましてね」

「茶の湯の宗匠の一色京庵……」

「知っていますか……」

「ええ、名前だけですが。大名旗本に茶の湯の手解《てほど》きをしている江戸でも名高い茶の湯の宗匠で、馬鹿高い謝礼を取る金の亡者だと専《もっぱ》らの噂の奴ですよ」

房吉は、侮《あなど》りと蔑《さげす》みを交《まじ》えて苦笑した。

「一色京庵、そんな奴なんですか……」

左近は眉をひそめた。

「ええ……」

房吉は頷いた。

「して、向島の方は……」

「そいつなんですがね。二十年ぐらい前に越して来たおすみさんと二人の子供を覚えている人を漸《ようや》く見付けましてね」

「じゃあ、やはり向島に……」

「ええ。ですが、今、何処にいるのかは。何しろ昔の話ですからねえ……」

「分かりませんか……」

房吉と左近は、公事宿『巴屋』の下代部屋で情報を交換した。

「やあ。今、戻りましたよ」

彦兵衛は、下代部屋に入って来た。

「お帰りなさい」

房吉と左近は迎えた。

「大川の永代《えいたい》橋で右の手首のない托鉢坊主の死体が見付かったそうです」

彦兵衛は報せた。

「そうですか……」

昨夜、左近に仕込刀を握る手を斬り飛ばされ、隅田川に逃げ込んだ丹波忍びだ。

「それから、金貸し長次郎が手代と行方知れずになりましたよ」

左近は苦笑した。

彦兵衛は告げた。

「やはり……」

左近と房吉は、顔を見合わせた。

「ええ。此れで行方知れずになった悪辣だと評判の金貸しは五人ですよ」

彦兵衛は頷いた。

「その五人の内、少なくとも昨夜行方知れずになった金貸し長次郎は、茶の湯の宗匠の一色京庵に逢った後ですか……」

房吉は読んだ。

「一色京庵……」

彦兵衛は眉をひそめた。

「ええ。一色京庵、弟子筋の大名旗本への口利きを約束して二百両もの金を長次郎に借りましてね……」

左近は、彦兵衛に告げた。

「二百両……」

彦兵衛は、戸惑いを過《よ》ぎらせた。

「茶の湯の宗匠一色京庵。どのような者ですか……」

左近は、冷ややかな笑みを浮かべた。

茶の湯の宗匠一色京庵は、高家《こうけ》一色家の支流の家柄で格式が高く、弟子には大名旗本家の者が多かった。

因《ちな》みに〝高家〟とは朝廷の儀礼を管掌し、勅使《ちよくし》、院使《いんし》の接待、朝廷などへの使節、代参などを勤めた家のことで、室町《むろまち》以来の名家二十六家が世襲《せしゆう》で務めていた。

「して、人柄は……」

「噂じゃあ、上に弱く、下に強い。高慢《こうまん》で金に汚いとか……」

彦兵衛は、蔑《さげす》みを過《よ》ぎらせた。

「それにしても、金貸しの長次郎に二百両を借りたように、他の四人の金貸しの件にも拘わり、同じように二百両を借りたとしたら〆《しめ》て千両になりますね」

房吉は読んだ。

「千両……」

彦兵衛は驚き、眼を丸くした。

「ええ。高慢で金に汚い一色京庵と悪辣で質《たち》の悪い金貸しとの騙《だま》し合いなら、所《しょ》詮《せん》は庶民に拘わりのない悪い奴らの闇での出来事。ですが、裏に丹波忍びの傀儡の百鬼が潜んでいるなら放ってもおけません。一色京庵の屋敷は何処ですか……」

左近は、茶の湯の宗匠一色京庵を調べる事にした。

牛込《うしごめ》御門の架かっている外濠《そとぼり》には水鳥が遊び、幾つもの波紋が煌めきながら重なり、広がっていた。

茶の湯の宗匠の一色京庵は、牛込御門外神楽坂《かぐらざか》の途中にある屋敷に住んでいた。

屋敷は高家一色家の別邸であり、一色京庵は己の格式を高め、箔《はく》を付けるため、一族の伝手《つて》を辿《たど》って借りていた。

左近は、外濠に架かる牛込御門を背にして神楽坂を上がった。そして、神楽坂を上がった処《ところ》の道を北に曲がった。

そこに一色京庵が暮らす屋敷があった。

此処か……。

左近は、一色屋敷を眺めた。

一色屋敷は小さいが、高家一色家の格式の高さを感じさせる門構えだった。

左近は、物陰に潜んで一色屋敷を窺った。

茶の湯の弟子と思われる者の出入りはなく、屋敷は門を閉じて静寂《せいじゃく》に覆われていた。

おそらく一色京庵は、出稽古《でげいこ》を主にしている茶の湯の宗匠であり、弟子の大名旗本家の者の屋敷を訪れているのだ。

一色京庵が屋敷にいるかどうか、忍び込んで見定めてみるか……。

左近は、屋敷を眺めた。

屋敷の表門《おもてもん》脇の潜り戸が開き、若い侍が出て来た。

左近は、素早く物陰に隠れた。

若い侍は、辺りを鋭く見廻して神楽坂の通りに向かった。

一色京庵の弟子……。

左近は、若い侍が一色京庵と浅草山之宿町の料理屋『川春』にいた弟子だと気が付いた。

よし……。

左近は、一色京庵の弟子の若い侍を追った。


牛込御門の架かる外濠は、日差しを浴びて眩しく輝いていた。

若い侍は、神楽坂を下りた。

左近は追った。

神楽坂を下りた若い侍は、外濠沿いの道を小石川《こいしかわ》御門に向かった。

左近は、先を行く若い侍を見据えて続いた。

足取りや身の熟《こな》しは忍び……。

左近は、若い侍が丹波忍びだと読んだ。
若い侍は、小石川御門前から水道橋《すいどう》、そして湯島《ゆしま》の聖堂《せいどう》裏から神田明神《みようじん》に向かった。
左近は尾行《つけ》た。
神田明神門前町に質屋『神田屋《かんだ》』はあった。
若い侍は、質屋『神田屋』の暖簾を潜った。
左近は見届けた。
質屋神田屋……。
おそらく質屋『神田屋』は、質屋業の他に金貸しもしているのだ。
一色京庵は、次に質屋『神田屋』の主から金を借りようとしているのかもしれない。
左近は読んだ。
僅かな刻が過ぎた。
若い侍は、質屋『神田屋』から出て来た。
左近は、物陰から見守った。

若い侍は、質屋『神田屋』を振り返って小さく笑い、明神下の通りに向かった。
質屋の神田屋に若い侍が何しに来たのか確かめるのは後だ……。
左近は、若い侍を追った。

明神下通りは、神田川に架かっている昌平橋と不忍池を結んでいる。
弟子の若い侍は、明神下の通りを不忍池に向かった。
左近は尾行た。

不忍池は煌めいていた。
弟子の若い侍は、不忍池の畔に佇んだ。
左近は、物陰から見守った。
若い侍は、不忍池に小石を蹴った。
小石は、不忍池の水面に波紋を広げた。
数人の男の経を読む声が、何処かからか湧き上がるように聞こえた。
左近は眉をひそめた。
数人の托鉢坊主が左右に現れ、声を揃えて経を読みながら左近に向かって進んだ。

左近は、声を揃えて読まれる経に殺気を感じた。

丹波忍び……。

左近は緊張した。

不忍池の畔に佇んでいた若い侍は振り返り、満面に嘲りを浮かべた。

尾行は気が付かれていた……。

左近は苦笑した。

托鉢坊主たちは、経を読みながら左近を取り囲んだ。

「日暮左近か……」

若い侍は、左近に嘲笑を浴びせた。

「丹波忍びか……」

左近は苦笑した。

「今迄に丹波忍び、何人手に掛けた……」

「さあて。おぬし、名はあるのか……」

左近は訊いた。

若い侍は苦笑した。

「名乗る程の名はないか……」

左近は、蔑みの眼を向けた。

「丹波の鬼麿……」

若い侍は、丹波の鬼麿と名乗った。

「丹波忍びの鬼麿か……」

左近は知った。

「如何《いか》にも。日暮左近、何処の忍びだ……」

鬼麿は見据えた。

「鬼麿、傀儡の百鬼は何処にいる……」

左近は、鬼麿の問いを無視して親し気に笑い掛けた。

「おのれ……」

鬼麿は、怒りを露《あら》わにした。

刹那、托鉢坊主姿の丹波忍びたちが左近に十字手裏剣を放った。

左近は、咄嗟に地面に伏せた。

十字手裏剣は、伏せた左近の上を飛び交った。

托鉢坊主たちは、伏せた左近に錫杖を振り下ろした。

錫杖の石突《いしづき》から分銅《ふんどう》が細い鎖《くさり》を伸ばして飛び出し、次々と左近に飛んだ。
刹那、左近は地を蹴って頭上高く跳び、棒手裏剣を放った。
托鉢坊主の一人が棒手裏剣を受けて倒れた。
左近は、跳び下りながら無明刀を鋭く斬り下げた。
托鉢坊主の一人が、饅頭笠ごと両断されて倒れた。
「おのれ。斬れ、斬り棄てろ……」
鬼麿は、怒りを浮かべた。
托鉢坊主たちは、錫杖に仕込んだ刀を抜いて左近に殺到した。
左近は、無明刀を縦横に閃かせた。
閃光が走り、仕込刀が両断され、托鉢坊主たちは次々に倒れた。
「退《ひ》け……」
鬼麿は、短く命じた。
托鉢坊主たちは、素早く退いた。
鬼麿は、忍び手鉾《てぼこ》を翳《かざ》して猛然と左近に跳び掛かった。
左近は、無明刀で手鉾と斬り結んだ。
無明刀と手鉾の刃が嚙み合い、火花が飛び散った。

鬼麿は、手鉾で激しく斬り結びながら左近に火薬玉《かやくだま》を投げ付けた。
左近は、咄嗟に大きく跳び退いた。
火薬玉は音も立てずに炸裂《さくれつ》し、白煙を噴《ふ》き上げた。
左近は、噴き上げる白煙に包まれた。
鬼麿と托鉢坊主たちは、白煙に包まれた左近に十字手裏剣を放った。
十字手裏剣は、左近を包んだ白煙に次々と吸い込まれた。
左近は動かず、白煙は薄れ始めた。
鬼麿は嘲笑を浮かべ、托鉢坊主たちは固唾《かたず》を呑んで薄れる白煙を見守った。
白煙は消え、左近の姿はなかった。
「捜せ……」
鬼麿は狼狽《うろた》え、托鉢坊主たちに命じた。
托鉢坊主たちは、左近を捜しに散った。
「おのれ、日暮左近……」
鬼麿は、悔し気に吐き棄てた。
颪が吹き抜け、不忍池に小波《さざなみ》が走った。

丹波の鬼麿は、不忍池の畔から本郷、小石川、小日向《こひなた》を抜けて神楽坂に戻り、一色京庵の屋敷に戻った。

左近は見届けた。

火薬玉の白煙に包まれた左近は、素早く地を這って背後の雑木林に跳び退いた。そして、鬼麿の背後を取って尾行《つけ》た。

左近は、鬼麿が傀儡の百鬼の許に行くのを期待して尾行《つけ》たのだった。だが、鬼麿は神楽坂の一色京庵の屋敷に戻ったのだ。

狙い通りにはいかないか……。

左近は苦笑した。

ならば、鬼麿は神田明神門前町の質屋『神田屋』に何用があって行ったのかだ。

よし……。

左近は、神田明神門前町の質屋『神田屋』に向かい、夕暮れの町を急いだ。

神田明神門前町は夕闇に覆われた。

質屋『神田屋』は暖簾を仕舞い、その日の商売を終えていた。

質屋『神田屋』の旦那に逢うか……。

左近は、質屋『神田屋』を眺めた。

羽織を着た番頭らしい年寄りが、質屋『神田屋』の裏手から出て来た。

通いの老番頭……。

左近は睨み、明神下の通りに向かう老番頭を追った。


神田川に月影は揺れた。

老番頭は、神田川に架かっている昌平橋の北詰の袂に出ている夜鳴蕎麦《よなきそば》の屋台《やたい》に立ち寄った。

「おや、番頭さん……」

夜鳴蕎麦屋の亭主は、老番頭と顔見知りらしく笑い掛けた。

「親爺《おやじ》さん、いつものようにお酒を一杯、頼みますよ」

老番頭は、馴染《なじみ》顔で注文した。

「へい。只今《ただいま》……」

夜鳴蕎麦屋の亭主は、湯呑茶碗に酒を満たして老番頭に差し出した。

「此奴《こいつ》は美味《うま》そうだ……」

老番頭は、嬉《うれ》しそうに湯呑茶碗に顔を近づけ、酒を啜《すす》った。

「美味い……」

老番頭は、吐息を洩らして笑った。

「親爺、俺にも酒を一杯くれ……」

左近は、老番頭のいる縁台に並んで腰掛けた。

「へい。只今……」

夜鳴蕎麦屋の亭主は、湯呑茶碗に酒を満たして左近に差し出した。

左近は、湯呑茶碗の酒を飲んだ。

「美味い。な……」

左近は、老番頭に笑い掛けた。

「え、ええ……」

老番頭は、笑顔で頷いた。

「神田屋の番頭さんか……」

「えっ……」

老番頭は、自分の素性を知っている左近に思わず身構えた。

「いつぞやは世話になった。礼を申す」

左近は苦笑し、頭を下げた。

嘘も方便《ほうべん》だ……。

左近は、質屋『神田屋』の客を装った。

「いえ。あっ、これはご無礼致しました。お客さまにございましたか……」

老番頭は、安堵を浮かべて身構えを解いた。

「うん。ところで番頭さん、今日、神田屋に茶の湯の宗匠一色京庵の弟子が行ったろう」

左近は、酒を啜りながら笑い掛けた。

「えっ、ええ……」

老番頭は、戸惑いを浮かべて頷いた。

「借金の申し込みか……」

左近は笑った。

「え、まあ……」

老番頭は、戸惑いながら頷いた。

「ひょっとしたら、先方が借りたい金は二百両かな」

左近は読んだ。

「えっ、あの、お侍さま……」

老番頭は、左近に怯えた眼を向けた。

「番頭さん、近頃、金貸しが行方知れずになっているのを知っているね」

左近は、老番頭を厳しく見据えた。


神田川沿いの柳原通りには人影が途絶え、柳並木の枝葉だけが揺れていた。

葦簀掛けの屋台には、小さな明かりが灯されていた。

「一色京庵の次の獲物は、質屋の神田屋……」

嘉平は眉をひそめた。

「うむ。傀儡《くぐつ》の百鬼。いつ迄、一色京庵を操って金を集めるのか……」

左近は苦笑した。

「で、一色京庵の弟子を装っている鬼麿って丹波忍びに襲われたか……」

「ああ……」

左近は頷いた。

「どうやら、傀儡の百鬼、金の亡者の金貸し狩りの幕を下ろすつもりだな」

嘉平は、厳しい面持ちで読んだ。

「嘉平の父っつあん……」

左近は戸惑った。

「傀儡の百鬼、お前さんが嗅ぎ廻っているのに気が付き、探りを入れて来た……」

嘉平は読んだ。

「探り……」

左近は眉をひそめた。

「ああ……」

嘉平は頷いた。

「ならば……」

「日暮左近の素性とその腕を知るために仕掛けたのだろう」

嘉平は読んだ。

「質屋の神田屋は、俺を誘《おび》き出すための只の道具か……」

「おそらくな。傀儡の百鬼、金貸しから金を借りて始末するのも此れ迄だと……」

「ならば、一色京庵は……」

「ああ。百鬼の傀儡の術を解かれ、我に返って己の所業の恐ろしさに震えているか、それとも既に……」

嘉平は、一色京庵の死を匂わせた。

「よし。神楽坂の一色京庵の屋敷に行ってみる……」

左近は、嘉平の葦簀掛けの屋台を出た。

三

牛込神楽坂の一色京庵の屋敷は、表門を閉めて夜の闇に沈んでいた。

左近は、向かい側の旗本屋敷の屋根の上から一色屋敷を窺った。

一色屋敷は静寂に覆われ、屋根に丹波忍びが潜んでいる気配はなかった。

丹波忍びの結界《けっかい》は張られていない……。

左近は見定めた。

よし……。

左近は旗本屋敷の屋根から跳び下り、一色屋敷の表門脇の土塀に跳んだ。

左近は、一色屋敷に忍び込んだ。

屋敷内は暗く、眠る者の寝息だけが聞こえた。

一色屋敷には、主の京庵とお内儀《ないぎ》、三人の茶の湯の内弟子。そして、下男や女中の奉公人が三人、暮らしている筈だ。

左近は、暗い屋敷内に殺気を放った。

殺気に対する反応はなかった。

一色京庵の寝間はおそらく屋敷の奥……。

左近は、暗い屋敷内の廊下を奥に進んだ。

廊下の奥から物音が聞こえた。

左近は、咄嗟に闇に忍んだ。

廊下の奥に手燭《てしょく》の明かりが浮かんだ。

左近は見守った。

「旦那さま。旦那さま……」

手燭を持ったお内儀が奥に現れ、京庵を捜しながら廊下をやって来た。

「奥さま……」

内弟子たちがやって来た。

「皆さん、旦那さまが厠《かわや》に行ったまま戻らないのです……」

お内儀は、不安気に声を震わせた。

「お師匠さまが……」

「ええ……」

「よし。お前たちは厠に捜しに行け。私は奥さまと屋敷の中を捜す」

お内儀と内弟子たちは、二手に別れて京庵を捜し始めた。

一色京庵は姿を消した。

おそらく丹波忍びの鬼麿が、傀儡の百鬼に命じられて一色京庵を連れ去ったのだ。

左近は睨んだ。

一足遅かった……。

左近は悔やんだ。

屋敷内には明かりが灯され、お内儀と内弟子に奉公人たちも加わって一色京庵を捜していた。

此れ迄だ……。

左近は、一色京庵の屋敷から忍び出た。

神楽坂には月の光が映《は》えていた。
一色京庵は何処に連れ去られたのか……。
丹波忍び傀儡の百鬼の処《ところ》か……。
ならば、傀儡の百鬼は何処にいる……。
左近は、想いを巡らせながら神楽坂を下りた。

牛込御門の架かっている外濠の流れは緩やかだった。
左近は、小石を外濠に蹴り込んだ。
小石は外濠に落ち、小さな水飛沫を上げた。
背後の闇が微かに揺れた。
やはり、尾行《つけ》て来る者がいる。
丹波忍びか……。
左近は、外濠沿いの道を小石川御門に向かった。
尾行者は、暗がりに充分な距離を取って慎重に追って来る。
さあて、どうする……。
左近は、尾行者の始末を考えた。

捕らえて傀儡の居場所を吐かせるか……。

撒いて泳がせ、傀儡の百鬼の処に行くのを追うか……。

それとも、捕らえて傀儡の百鬼を誘き出す餌《えさ》にするか……。

だが、捕らえたところで自爆するかもしれないし、餌にしたところで傀儡の百鬼は助けに現れる情を持ち合わせてはいない筈だ。

見棄てるか……。

左近は苦笑した。


神田川に架かっている昌平橋は、月明かりに照らされている。

左近は、神田川沿いの道から昌平橋に向かった。

丹波忍びは、暗がり伝いに追って来る。

左近は、丹波忍びの視線を感じながら昌平橋に進んだ。そして、昌平橋の欄干《らんかん》に寄って神田川を覗《のぞ》き込んだ。

次の瞬間、左近は引き摺り込まれたように頭から神田川に落ちた。

消えた……。

左近を追って来た丹波忍びは驚き、昌平橋に走った。そして、左近が消えた昌平橋の下を覗き込んだ。

昌平橋の下に左近はいなく、神田川の流れが月明かりに煌めいているだけだった。

何処に行った……。

丹波忍びは反対側の欄干に走り、欄干から身を乗り出して下を覗いた。

だが、反対側から覗いても、昌平橋の下に左近はいなかった。

おのれ……。

丹波忍びは、昌平橋の周囲の暗がりを透かし見た。

神田八つ小路と明神下の通りには、人の忍んでいる気配は窺えなかった。

撒かれた……。

丹波忍びは、腹立たしさを露《あら》わにして昌平橋を離れ、明神下の通りを不忍池に向かった。

昌平橋の袂に左近が現れ、暗がり伝いに丹波忍びを追った。

左近は、神田川に落ちたと見せ掛けて昌平橋の橋桁《はしげた》を伝い、丹波忍びが欄干から覗いた時に袂の岸辺に跳び上がっていた。

丹波忍びは、不忍池に進んでいた。

左近は、暗がり伝いに丹波忍びを追った。

丹波忍びとて、左近が撒いたまま姿を消したとは思ってはいない。後を尾行て行き先を突き止めようとしていると読んでいる筈だ。

騙し合いだ……。

左近は苦笑した。


不忍池は月明かりに輝いていた。

丹波忍びは、不忍池の畔に佇んだ。

左近は、背後の雑木林に忍び、己の気配を消して見守った。

丹波忍びは、左近が襲い掛かるのを待っている。

左近は読んだ。

四半刻《しはんとき》(三十分)が過ぎた。

丹波忍びは左近の襲撃を待ち、左近は丹波忍びが動くのを待った。

我慢比べだ……。

左近は、丹波忍びを見守った。

半刻《はんとき》(一時間)が過ぎた。

枯葉が不忍池に舞い落ち、水面が微かに揺れて煌めいた。
丹波忍びは振り返った。
左近は忍んだ。
丹波忍びは、背後の闇を見廻した。
潜んでいる者の気配はない……。
丹波忍びは、左近が尾行て来ていないと見定め、吐息を吐《つ》いた。
左近は見守った。
丹波忍びは、警戒を解いて不忍池の畔から離れた。
これからが勝負だ……。
左近は、丹波忍びを尾行た。
丹波忍びは、尾行て来る者を警戒しながら慎重に進んだ。
左近は、連なる家並みの暗い軒下や屋根の上を伝い、慎重に追った。
地獄の底まで追ってやる……。
左近は冷笑した。
丹波忍びは、不忍池の畔を一廻りして大名屋敷の間の道を本郷の通りに向かった。

左近は尾行た。

丹波忍びは、本郷の通りを横切り、本郷の北ノ天神脇の通りに進んだ。

左近は気が付いた。

傀儡の百鬼が、役目を終えた青柳平九郎を閉じ込めた宝泉寺の近くだ。

まさか……。

茶の湯の宗匠一色京庵は、五人の金貸しから二百両ずつ〆て一千両の金を集めた。

それで役目を終えた一色京庵は、青柳平九郎同様に宝泉寺の家作に閉じ込められているのかもしれない。

青柳平九郎は、宝泉寺の家作で丹波忍びを斬り棄てて逃走した。だが、一色京庵に丹波忍びを斬り棄てる力はない。

左近は読んだ。

宝泉寺には、住職の光雲と寺男の善八がいる筈だ。

二人は丹波忍びだった……。

左近は、丹波忍びを追った。

丹波忍びは、寺の閉じられた山門の前に佇んだ。

左近は、斜向《はすむ》かいの旗本屋敷の陰に忍んで己の気配を消した。

丹波忍びは背後を鋭く見廻し、不審がないのを見定め、土塀を跳び越えて寺の境内に消えた。

左近は見届けた。

そして、斜向かいの武家屋敷の陰を出て寺に駆け寄った。

寺は、やはり宝泉寺だった。

茶の湯の宗匠一色京庵は、既に役目の終わった道具として始末されたのか……。

左近は、宝泉寺の土塀の上に跳び、境内を窺った。

宝泉寺の境内には、丹波忍びはおろか人影は見えなかった。

左近は見定め、土塀から境内に跳び下りて本堂裏の家作に走った。

本堂裏の家作は暗かった。

左近は、雨戸の閉められている暗い家作を眺めた。

殺気はない……。

左近は、家作の閉められた雨戸に忍び寄り、中の様子を窺った。
血の臭いが微かにした。
左近は、雨戸を僅かに開けて家作の中に忍び込んだ。

左近は、家作の廊下に上がった。
廊下の向こうには、障子の閉められた座敷と板の間がある筈だ。
血の臭いは座敷から漂っている。
左近は、障子を開けて座敷に忍び込んだ。
座敷の中は血の臭いに満ち、十徳を着た男が倒れていた。
一色京庵か……。
左近は、倒れている十徳を着た男に近付いて抱き起こそうとした。
刹那、十徳を着た男が左近に苦無で突き掛かった。
丹波忍び……。
左近は、咄嗟に身体を反《そ》らして苦無を躱し、十徳を着た男を押さえた。
天井から丹波忍びが、苦無を構えて左近の頭上に跳び下りた。
左近は、咄嗟に押さえていた十徳を着た男と素早く身体を入れ替えた。

天井から跳び下りて来た丹波忍びは、十徳を着た男と縺《もつ》れ合って倒れた。

左近は、障子と雨戸を蹴り飛ばして庭に跳んだ。

左近は、庭に跳び下りた。

刹那、丹波忍びが周囲に現れた。

「やはり、尾行て来ていたか……」

丹波忍びの一人が悔し気に告げた。

「案内、ご苦労……」

左近は笑い、正面の丹波忍びに駆け上がり、その肩を蹴って本堂の大屋根に跳んだ。

左近は、本堂の大屋根に跳び下りた。

十字手裏剣が飛来した。

左近は、咄嗟に大屋根に伏せて飛来した十字手裏剣を躱した。

殺気が湧き上がり、大屋根に鬼麿が手鉾を構えて現れた。

「日暮左近……」

「鬼麿、一色京庵はどうした」

左近は尋ねた。

「一色京庵、用が済んだので消えて貰った」

鬼麿は苦笑した。

「消えて貰った……」

「ああ。五人の金貸しの行方知れずに深く拘わった金の亡者としてな……」

「青柳平九郎同様、使い棄ての道具か……」

左近は、怒りを過ぎらせた。

「ああ……」

「鬼麿、傀儡の百鬼は何処にいる……」

左近は、鬼麿を厳しく見据えた。

「さあな。お前の隣か後か。それとも前か。百鬼さまは、夜の闇に動いている……」

鬼麿は、嘲笑を浮かべて手鉾を構えた。

手鉾の刃は鈍色《にびいろ》に輝いた。

刹那、鬼麿は手鉾を唸らせた。

左近は、跳び退きながら無明刀を抜き払った。
無明刀は蒼白《あおじろ》く輝いた。
鬼麿は、手鉾を振るって猛然と左近に斬り掛かった。
左近は、無明刀で斬り結んだ。
鬼麿の手鉾は、唸りを上げて煌めいた。
左近は、大きく跳び退いた。
「臆《おく》したか、日暮左近……」
鬼麿は笑った。
左近は、眼を瞑《つむ》って無明刀を頭上高く真っ直ぐ構えた。
天衣無縫《てんいむほう》の構えだ。
鬼麿は、左近の隙《すき》だらけの天衣無縫の構えを嘲笑した。
「その首、貰った……」
鬼麿は、手鉾を構えて猛然と左近に向かって走った。
左近は、眼を瞑って無明刀を頭上高く構えたままだった。
鬼麿は、左近に駆け寄りながら手鉾を鋭く斬り下ろした。
刹那、左近は瞑っていた眼を開け、無明刀を斬り下げた。

剣は瞬速《しゅんそく》……。

無明斬刃《むみょうざんじん》……。

無明刀と手鉾は、閃光を引いて交錯《こうさく》した。

左近と鬼麿は、残心《ざんしん》の構えを取った。

鬼麿の手鉾の鋒《きっさき》から血の雫が落ちた。

左近は、残心の構えを解いた。

鬼麿は、斬られた額から血を流し、横倒しにゆっくり斃《たお》れた。

左近は、鬼麿の死体を冷たく一瞥《いちべつ》し、無明刀を一振りして鞘に納め、本堂の大屋根から境内に跳び下りた。


境内に丹波忍びはいなかった。

左近は捜した。

宝泉寺の境内、本堂、方丈《ほうじょう》、庫裏《くり》、家作の何処にも丹波忍びはいなかった。

おのれ……。

左近は、宝泉寺の住職光雲と寺男の善八を捜した。

だが、住職の光雲と寺男の善八も宝泉寺にはいなかった。

やはり光雲と善八は、丹波忍びか……。

左近は、想いを巡らせた。

寺男の善八とは顔を合わせたが、朗々と経を読む住職の光雲とは逢った事がない……。

住職の光雲こそが、丹波忍びの傀儡の百鬼なのかもしれない。

左近は読んだ。

何《いず》れにしろ、丹波忍びの傀儡の百鬼は、茶の湯の宗匠一色京庵を傀儡にして操り、悪辣な金貸し五人から千両もの金を騙し取ったのだ。

千両もの金をどうするつもりなのだ……。

茶の湯の宗匠一色京庵の死体は何処だ……。

傀儡の百鬼は、何を企てているのか……。

左近は、宝泉寺を眺めた。

宝泉寺は暗く静まり、人の気配は微かな欠片《かけら》もなかった。

だが、配下の丹波忍び鬼麿を斃されて、傀儡の百鬼が黙っている筈はない。

必ず仕掛けて来る……。

左近は読んだ。

何れにしろ、傀儡の百鬼の出方を待つしかない……。

左近は、夜の闇に沈んでいる宝泉寺を後にした。


人斬り鬼の青柳平九郎、金の亡者の一色京庵……。

傀儡の百鬼は、江戸の町に二人の鬼を放った。

「さあて、傀儡の百鬼、次はどんな鬼を放つつもりかな……」

嘉平は、首を捻った。

「人斬り鬼、金の亡者に続く鬼となると、権勢欲《けんせいよく》か色欲《しきよく》の鬼かな……」

左近は、湯呑茶碗の酒を飲んだ。

「権勢欲か色欲の鬼か……」

嘉平は苦笑した。

「うむ……」

左近は頷いた。

「それにしても傀儡の百鬼、何が狙いなのか……」

嘉平は眉をひそめた。

「分からないのはそこだ。丹波忍びの新たな噂、何か聞いてはいないか……」

「そいつがなくてな。丹波忍びも慎重に動いているようだ」

「うむ。傀儡の百鬼、江戸のはぐれ忍びを警戒しているのだろう」

「だが、此れ以上の跳梁跋扈《ちょうりょうばっこ》では、はぐれ忍びとの衝突は免《まぬか》れまい……」

嘉平は、厳しい面持ちで読んだ。

「出来れば、そうなる前に傀儡の百鬼を始末するのが一番だな」

左近は苦笑した。

「ああ。そのためには、丹波忍びの動きを摑まなければならぬ。はぐれ忍びの皆に噂を集めるよう触《ふ》れを廻すか……」

「そうしてもらえれば助かる」

左近は頷いた。

「任せておけ。此れ以上、傀儡の百鬼に操られた鬼に江戸を荒らされてたまるか……」

嘉平は、怒りを過ぎらせた。

「うむ。傀儡の百鬼、次はどのような鬼を作って江戸の町に放つつもりなのか……」

「おのれ、傀儡の百鬼……」

嘉平は、吐き棄てた。

「百鬼夜行《ひやっきやこう》か……」

左近は、不敵な笑みを浮かべた。

神田川を行く舟の櫓の軋みが、物《もの》の怪《け》の叫び声のように夜空に妖しく響いた。

四

江戸湊には千石船《せんごくぶね》が停泊し、荷積み荷下ろしの艀《はしけ》が忙《せわ》しく行き交っていた。

左近は、鉄砲洲波除稲荷の境内の端に佇み、潮風に吹かれながら江戸湊を眺めていた。

「左近さん……」

房吉がやって来た。

「やあ……」

左近は迎えた。

房吉は、左近と並び潮風に鬢《びん》の解《ほつ》れ毛を揺らした。

「何か分かりましたか……」

房吉は、二十年ぐらい前に上野元黒門町にあった料理屋『池ノ屋』のお内儀おすみと二人の子供の行方を追っていた。

「ええ。向島は隅田村《すだむら》の堀切《ほりきり》で池ノ屋のおすみさん、畑仕事をして二人の子供を育てていましたよ」

房吉は告げた。

「いましたか……」

「ええ。ですが、おすみさんは十年前に病で亡くなり、その後、一緒に暮らしていた倅はいつの間にか堀切から出て行ったそうです」

「倅……」

左近は、微かな戸惑いを過ぎらせた。

「直吉《なおきち》って十五歳だった倅です」

「子供はもう一人いた筈ですね……」

左近は尋ねた。

「ええ。直吉の三つ年上のおくみって娘がいましたが、十歳の時、既に家を出て行方知れずになっていましたよ」

房吉は報せた。

「娘のおくみは行方知れず……」

左近は眉をひそめた。

「ええ。で、倅の直吉、その後、何処で何をしているのかは一切分かりません」

「無事でいれば、姉のおくみは二十八歳、弟の直吉は二十五歳ですか……」

左近は読んだ。

「ええ。二人共、生きているのか、生きているとしたら何処で何をしているのか……」

流石《さすが》の房吉も、此れ以上の追跡は無理で眉をひそめるしかなかった。

「そうですか。ご苦労さまでした」

左近は、房吉を労《ねぎら》った。

「いいえ。それから左近さん、彦兵衛旦那からの言付《ことづ》けですが、元北町奉行所の臨時廻《りんじまわ》り同心《どうしん》だった御隠居さんが日本橋川に土左衛門《どざえもん》であがったと……」

房吉は、彦兵衛の言付けを告げた。

「元北町奉行所の臨時廻り同心が……」

左近は、厳しさを滲ませた。

鉄砲洲波除稲荷の空には、鷗が煩《うるさ》く鳴きながら飛び交った。

日本橋川は外濠から大川を結んでいる。

左近と房吉は、八丁堀《はっちょうぼり》に架かっている稲荷橋《いなり》から亀島川《かめじまがわ》に架かっている高橋《たか》を渡り、霊巌島《れいがんじま》に進んだ。そして、日本橋川に架かっている湊橋《みなと》へ向かった。

元北町奉行所臨時廻り同心で五年前に隠居した大沢半蔵《おおさわはんぞう》は、湊橋の橋脚《きょうきゃく》に土左衛門となって引っ掛かっていた。

船番所《ふなばんしょ》の役人が土左衛門を引き上げ、身許は直《す》ぐに分かった。

左近と房吉は、日本橋川に架かっている湊橋の上に佇んだ。

日本橋川は緩やかに流れ、様々な船が行き交っていた。

「大沢半蔵、誰かに突き落とされたのか、足でも滑らせて落ちたのか、それとも身投げをしたのか……」

左近は、辺りを見廻した。

「それに、落ちたのは日本橋川か亀島川か……」

房吉は告げた。

亀島川は、八丁堀組屋敷街の東側を流れ、日本橋川や大川に続いている。

「ええ。房吉さん、大沢半蔵がどんな同心だったか、同心の時にどんな事件を扱ったのか、ちょいと調べてもらえませんか……」

「二十年ぐらい前の料理屋池ノ屋の一件に拘わっていないか、ですね」

房吉は、左近の言葉を読んだ。

「ええ……」

左近は、笑みを浮かべて頷いた。

「心得ました。じゃあ……」

房吉は、日本橋川沿いを北町奉行所に向かった。

左近は見送り、柳森稲荷に急いだ。


吊られた古着は風に揺れていた。

柳森稲荷前の空き地に並ぶ古着屋、古道具屋、七味唐辛子売りを、参拝帰りの客が冷やかしていた。

左近は、柳森稲荷と空き地に並ぶ露店《ろてん》に丹波忍びが潜んでいないのを見定め、奥にある葦簀掛けの嘉平の店に向かった。

「元北町奉行所臨時廻り同心の大沢半蔵……」

嘉平は眉をひそめた。

「ああ。五年前に倅に家督《かとく》を譲った隠居だが、日本橋川に土左衛門であがった。何か聞いてはいないか……」

「さあて、北町奉行所の様子がおかしいとは聞いちゃあいないが……」

左近は告げた。

嘉平は首を捻った。

「そうか……」

「傀儡の百鬼に拘わりありそうか……」

「未だ分からぬが、おそらく……」

左近は読んだ。

「じゃあまた、夜の江戸に鬼が現れるか……」

「うむ……」

左近は、厳しい面持ちで頷いた。

北町奉行所の吟味方与力《ぎんみかたよりき》は、元臨時廻り同心の大沢半蔵の溺死《できし》を足を滑らしての転落死と断定した。

面倒な真似はしないか……。

左近は苦笑した。

八丁堀北島町《きたじまちょう》にある大沢家の組屋敷では、隠居半蔵の弔《とむら》いが行われた。

半蔵は既に妻を亡くし、後を継いで同心になった倅一家と暮らしていた。

左近は、大沢屋敷と訪れる弔問客を眺めた。

大沢屋敷の周辺に妙なところはなく、訪れる弔問客に不審な者はいなかった。

弔いは、同心を務める倅に手札《てふだ》を貰った岡《おか》っ引《ぴき》たちが手伝っていた。

左近は見守った。

羽織を着た白髪《しらが》頭の老爺《ろうや》が、子分と思われる二人の男を従えて弔問に訪れた。

手伝っていた岡っ引が駆け寄り、白髪頭の老爺に頭を下げて挨拶《あいさつ》をした。

白髪頭の老爺は鷹揚《おうよう》に頷き、岡っ引に案内されて大沢屋敷に入って行った。

左近は、弔いを手伝っている者にそれとなく近付き、尋ねた。

「かなりの貫禄だな、何処の誰だい……」

「ああ。今の年寄りは、連雀町《れんじやくちょう》の平七《へいしち》親分といって、亡くなったご隠居さんから手札を貰っていた元岡っ引ですよ」

「岡っ引……」

左近は眉をひそめた。

「ああ。もっとも、御隠居さんが引退した時、十手を返していて、今じゃあ神田明神や湯島天神界隈の地廻《じまわ》りの元締《もとじ》めだよ……」

手伝っている者は苦笑した。

北町奉行所臨時廻り同心の大沢半蔵に手札を貰っていた元岡っ引の連雀町の平七親分……。

もし、大沢半蔵の溺死に丹波忍びが拘わっているとしたら、元岡っ引の平七親分にも何かが仕掛けられるかもしれない。

左近は読んだ。

刻が過ぎた。

元岡っ引の連雀町の平七が、大沢屋敷から出て来た。そして、二人の子分を従えて大沢屋敷から南茅場町《みなみかやばちよう》に向かった。

よし……。

左近は、元岡っ引の連雀町の平七と二人の子分を追った。

八丁堀北島町から山王御旅所《さんのうおたびしよ》の前を抜けて、楓川《もみじがわ》に架かっている海賊《かいぞく》橋を渡ると日本橋の高札場《こうさつば》に出る。

元岡っ引の連雀町の平七は、二人の子分を従えて高札場から日本橋川に架かっている日本橋に進んだ。

左近は、暗がり伝いに追った。

日本橋の通りを真っ直ぐ進むと神田八つ小路に出る。その手前に元岡っ引の平七の家のある神田連雀町はあった。

平七と二人の子分は、日本橋を渡り始めた。

左近は続こうとした。

平七と二人の子分は、日本橋の上で怪訝《けげん》な面持ちで立ち止まった。

どうした……。

左近は、連なるお店《たな》の屋根に跳び、身を潜めて日本橋を窺った。

日本橋の中程に若い同心が佇んでいた。

「こりゃあ、白崎《しらさき》の旦那じゃありませんか……」

平七は、若い同心を白崎の旦那と呼んだ。

「やあ……」

白崎と呼ばれた若い同心は、平七と二人の子分に笑い掛けた。

その眼《ぬめ》を滑り輝かせて……。

左近は見た。

同心の白崎は、傀儡の百鬼に操られた鬼なのか……。

左近は、見定めようとした。

刹那、白崎は平七に跳び掛かり、鳩尾《みぞおち》に拳《こぶし》を鋭く叩き込んだ。

平七は、眼を瞠《みは》って気を失った。

「何しやがる……」

「野郎……」

二人の子分は驚き、戸惑った。

白崎は、二人の子分を殴り、蹴飛ばした。

二人の子分は、仰け反って倒れた。

白崎はその眼を滑り輝かせ、気を失って倒れている平七を引き摺《ず》り上げ、日本橋川に放り込もうとした。

左近は、お店の屋根から跳び下りようとした。

十字手裏剣が飛来した。

左近は、咄嗟に身を伏せて躱した。
丹波忍び……。
左近は、身を伏せたまま十字手裏剣を投げた丹波忍びを捜した。
白崎は、引き摺り上げた平七を日本橋川に放り込んだ。
水音が鳴り、水飛沫が煌めいた。
しまった……。
左近は焦った。
闇から殺気が押し寄せた。
左近は、動きを封じられた。
平七は日本橋川の暗がりに流れ、白崎は日本橋から立ち去って行った。
何処だ……。
左近は、殺気の出処を探した。
だが、殺気は消えた。
よし……。
左近は、日本橋に走った。
日本橋の上には誰もいなかった。

白崎に叩きのめされた二人の子分も……。

丹波忍びが片付けたのだ。

おのれ……。

左近は、白崎の滑り輝く眼を思い浮かべた。

平七を日本橋川に放り込んだ白崎は、元臨時廻り同心の大沢半蔵も殺したのかもしれない。

何《いず》れにしろ、白崎は傀儡の百鬼に操られた鬼……。

左近は、江戸の町に新たな鬼が現れたのを知った。


翌朝、元岡っ引の連雀町の平七は、日本橋川の下流にある豊海橋《とよみ》で土左衛門となって発見された。

元北町奉行所臨時廻り同心の大沢半蔵に続き、手札を貰っていた元岡っ引の連雀町の平七が土左衛門となって発見された。

大沢半蔵と平七は、既に十手を返上している身だが、北町奉行所の者たちは緊張し、困惑した囁きが溢れた。

左近は、外濠に架かっている呉服橋《ごふくばし》御門を渡って北町奉行所の前に出た。

月番の北町奉行所は表門を八文字に開き、多くの人が出入りしていた。

左近は、北町奉行所の表門前に佇み、出入りしている同心を眺めた。

白崎と呼ばれた若い同心……。

左近は、白崎という若い同心が眼を滑り輝かせて平七を当て落としたのを見ていた。

白崎は、傀儡の百鬼に操られて鬼にされている。

左近は、出入りする同心の中に若い白崎を捜し、どのような人物か聞き込む事にした。

左近は、門番に親し気な声を掛けて北町奉行所から出て行く小者《こもの》を追った。

小者は、宿直《とのい》の仕事だったのか、外濠に架かっている呉服橋御門を渡り、大きく伸びをした。

「少々尋ねるが……」

左近は、小者に声を掛けた。

「えっ。何ですかい……」

小者は、左近に怪訝な眼を向けた。

「うむ。北町奉行所に白崎さんという同心がいるかな……」

「え、ええ。白崎さまならおいでになりますが……」

小者は警戒し、探るような眼を向けた。

「そうか。やはり、いらっしゃるか……」

左近は、もっともらしく頷いた。

「白崎さまが何か……」

小者は、戸惑いを滲ませた。

「うむ。昨夜の大沢半蔵さんの弔いでお見掛けしてな」

嘘も方便だ。

「大沢さまのお弔いで……」

「うむ……」

「そうですか……」

小者は眉をひそめた。

「どうした。何か気になる事があるのか……」

「え、いいえ、白崎秀一郎《しゅういちろう》さまは養生所《ようじょうしょ》見廻《みまわ》り同心、大沢半蔵さまは元臨時廻り同心。歳も離れていてお付き合いはなかったかと思いまして……」

小者は首を捻った。

養生所見廻り同心白崎秀一郎……。

左近は、元岡っ引の連雀町の平七の気を失わせて日本橋川に放り込んだ若い同心が何者か知った。

「そうか。じゃあ人違いだったかな……」

左近は眉をひそめた。

「きっと……」

「うむ。造作《ぞうさ》を掛けたな……」

左近は、礼を云って小者の聞き込みを終えた。

「やあ、左近さん……」

房吉が、呉服橋御門を渡って来た。

「あれ、房吉さんじゃありませんか……」

左近は、笑みを浮かべた。

一石橋《いっこくばし》は外濠と繋がる日本橋川に架かっており、その袂に蕎麦屋はあった。

左近は、房吉と蕎麦屋の衝立《ついたて》の陰に座って蕎麦を手繰《たぐ》り、元岡っ引の連雀町の平七殺しの一件を話した。

「そうでしたか、連雀町の平七親分、足を滑らせて日本橋から落ちたんじゃなくて、襲われて気絶させられ、日本橋川に放り込まれたんですか……」

房吉は眉をひそめた。

「ええ。で、助けようとしたら、潜んでいた丹波忍びに邪魔をされましてね」

「で、平七親分を日本橋川に放り込んだ野郎は……」

「白崎秀一郎って名の北町奉行所養生所見廻り同心です」

左近は告げた。

「養生所見廻り同心の白崎秀一郎……」

房吉は眉をひそめた。

「ええ。知っていますか……」

「北町奉行所内での噂なら少し聞いていますよ」

「どんな噂ですか……」

「白崎秀一郎、若いのに真面目で頑固《がんこ》、融通《ゆうずう》の利《き》かない堅物《かたぶつ》……」

房吉は、小さな笑みを浮かべた。

「ほう。そんな奴ですか……」

「ええ。おそらく誰に訊いても、真面目過ぎて面白味のない奴だと……」

「ならば、此度《こたび》の連雀町の平七殺し、北町奉行所の者たちは白崎秀一郎の仕業《しわざ》だと容易には信じないでしょうね」

左近は読んだ。

「きっと……」

房吉は頷いた。

「そうですか……」

「で、どうします……」

房吉は、左近の出方を訊いた。

「房吉さん、元臨時廻り同心の大沢半蔵に加えて元岡っ引の連雀町の平七が、池ノ屋の一件に拘わっていたかどうか。調べていただけますか……」

「承知……」

房吉は頷いた。

「私は白崎秀一郎に張り付いてみます」

左近は告げた。

「で、丹波忍び、傀儡の百鬼と繋《つな》ぎを取るのを待ちますか……」

房吉は、左近の肚《はら》の内を読んだ。

「ええ……」

左近は、不敵な笑みを浮かべた。

# 第三章　復讐鬼《ふくしゆうき》

一

小石川養生所《こいしかわようじようしよ》は、八代将軍徳川吉宗《とくがわよしむね》が町医者小川笙船《おがわしようせん》の上書《じようしよ》を受けて設置した窮民《きゆうみん》が入院の出来る医療施設であり、本道《ほんどう》（内科）、外科、眼科があった。

養生所見廻り同心は、毎日交替で養生所内の詰所《つめしよ》に通っていた。

白崎秀一郎は、北町奉行所同心詰所の当番同心に挨拶をして小石川養生所に向かった。

左近は、門番の挨拶を丁寧に返して表門を出て行く白崎秀一郎を見定め、充分に距離を取って尾行を開始した。

白崎秀一郎は、呉服橋御門を出て外濠沿いを一石橋に向かった。

小石川養生所には、一石橋から神田八つ小路に抜け、神田川に架かっている昌平橋を渡って行く。

白崎秀一郎は、神田八つ小路から昌平橋を渡り、神田川沿いの道を進んだ。

左近は、充分に距離を取って白崎秀一郎を尾行《つけ》た。

白崎秀一郎の背後、左近の前に二人の托鉢坊主が脇道から入り込んだ。

見張りの丹波忍びか……。

左近は、二人の托鉢坊主の正体を読み、己の周囲を何気なく窺《うかが》った。

周囲には托鉢坊主は勿論《もちろん》、丹波忍びらしき不審な者もいなかった。

だが、丹波忍びは托鉢坊主に形《なり》を変えると決まってはいない。

油断はならない……。

左近は、慎重に白崎秀一郎を尾行した。

小石川養生所には、多くの患者が出入りしていた。

養生所見廻り同心の白崎秀一郎は、養生所の門番に迎えられて養生所の門を潜った。

左近は見届けた。

二人の托鉢坊主は、白崎秀一郎が養生所に入ったのを見届けて姿を消した。

左近は、養生所の周辺に不審な者を捜した。だが、不審な者はいなかった。

左近は、通いの患者として養生所の門を潜った。

養生所には、医師や看護人の他に台所仕事や雑用をする者たち、多くの入院患者と通いの患者たちがいた。

白崎秀一郎は、養生所見廻り同心として賄所《まかないどころ》の管理、物品購入の吟味、病人部屋の巡視、鍵の管理、薬煎《やくせん》への立ち会いなどを務めていた。

左近は、秘かに白崎秀一郎の働き振りを窺った。

白崎秀一郎は、その眼を滑《ぬめ》り輝かさずに仕事に励んでいた。

左近は見守った。

白崎秀一郎は、真面目な働き者であり、患者には穏やかで親切に接し、評判は良かった。

だが、融通の利かない事も多く、上役の養生所見廻り与力や年寄同心には評判の悪いところもあった。

真面目で融通の利かないところが、傀儡《くぐつ》の百鬼《ひやっき》に付け込まれた……。

左近は読んだ。

白崎秀一郎は、傀儡の百鬼や丹波忍びに近付かなければ、鬼にならずに済むのかもしれない。

左近は睨んだ。

そして、丹波忍びが見張っているところを見ると、傀儡の百鬼は白崎秀一郎を未だ鬼に仕立てて使おうとしている。

ならば、白崎秀一郎の身柄を何処《どこ》かに隠すか、近付く丹波忍びを皆殺しにする。

それとも……。

傀儡の百鬼は、白崎秀一郎を三度目の鬼にして何をさせる気なのか……。

左近は、冷ややかな笑みを浮かべた。

白崎秀一郎は仕事を終え、門番に見送られて養生所の門を出た。

二人の托鉢坊主が現れ、白崎秀一郎を尾行《つけ》始めた。

丹波忍び……。

左近は、二人の托鉢坊主の正体を読み、追った。

夕暮れ時。

神田明神境内から参拝客は帰り始めた。

房吉は、神田明神門前町の一膳飯屋《いちぜんめしや》の暖簾を潜った。


「いらっしゃい……」

中年の亭主は、房吉を迎えた。

「おう。浅蜊《あさり》のぶっ掛け飯《めし》、貰おうか……」

房吉は、注文して隅《すみ》に座った。

「はい。只今……」

中年の亭主は、板場に入った。

房吉は、板場で浅蜊のぶっ掛け飯を仕度している中年の亭主を見守った。

僅かな刻が過ぎた。

中年の亭主は、浅蜊のぶっ掛け飯と汁を持って来た。

「お待ちどお……」

「此奴《こいつ》は美味そうだ……」

「そりゃあ、もう……」

中年の亭主は笑った。

「ところで旦那、元連雀町の平七親分の下《した》っ引《ぴき》を務めていた利吉《りきち》さんですね」

房吉は訊いた。

「えっ……」

利吉と呼ばれた中年の亭主は、昔の仕事を知っている房吉に緊張を滲ませた。

「あっしは、馬喰町の公事宿巴屋の下代《げだい》の房吉って者でしてね。ちょいと訊きたい事がありまして……」

房吉は笑い掛けた。

「連雀町の平七親分の事ですかい……」

利吉は、元岡っ引の連雀町の平七が日本橋川で土左衛門になったのを知っていた。

「平七親分、泳げなかったんですかい……」

「ええ……」

「じゃあ、元臨時廻り同心の大沢半蔵さんもですかい……」

「房吉さん、大沢の旦那も亡くなったと聞いたけど、やっぱり土左衛門で……」

「ええ……」

「そうですか……」

利吉は、緊張を過《よ》ぎらせた。

「それで利吉さん、大沢の旦那と平七親分、二十年ぐらい前、不忍池に土左衛門で浮かんだ料理屋池ノ屋の善次郎旦那の一件、扱っちゃあいませんかい……」

房吉は尋ねた。

「二十年ぐらい前、不忍池に土左衛門で浮かんだ池ノ屋の旦那の一件ですか……」

利吉は眉をひそめた。

「ええ。覚えちゃあいませんかね」

「いいえ。最初は誰かに突き落とされて土左衛門にされたんじゃあないかと調べ始めた一件です……」

利吉は、覚えている事を吐息混じりに告げた。

「えっ。最初は誰かに突き落とされたってんで、調べ始めたんですか……」

房吉は、意外な事を知った。

「ええ。だけど、大沢の旦那が急に身投げだと云い出しましてね」

「大沢の旦那が……」

「ええ。で、平七親分が池ノ屋の旦那は金の工面《くめん》が上手く行かず、悲観して身投げをしたと云い出しましてね」

利吉は、不服そうに告げた。

「で、池ノ屋の旦那は身投げだと決まったんですかい……」

「ええ。で、身投げで一件落着ですよ」

利吉は、腹立たし気に告げた。

「ですが、どうして急に……」

房吉は眉をひそめた。

「さあ、良くは分からないけど、町奉行所のお偉いさんが身投げだと云い出したのかもしれないな……」

利吉は吐き棄てた。

「町奉行所のお偉いさん……」

「ああ。大沢の旦那の上役の吟味方与力さまとか町奉行さま……」

「成《な》る程《ほど》、そのあたりのお偉いさんが身投げだと云えば、身投げになりますか……」

「ええ。気の毒なのは死んだ池ノ屋の旦那の善次郎さんだよ……」

利吉は、料理屋『池ノ屋』の旦那の善次郎に同情していた。

「そうですか……」

当時、料理屋『池ノ屋』の旦那の死が殺しから身投げに変わったのだ。

房吉は知った。

元臨時廻り同心の大沢半蔵の背後には、北町奉行所のお偉いさんの吟味方与力か町奉行が潜んでいるのかもしれない。

「で、当時の吟味方与力は何方《どなた》ですかい……」

房吉は訊いた。

「宗方兵衛《むなかたひょうえ》さま、今じゃあ、北町奉行所の年番方《ねんばんかた》与力さまだよ」

利吉は苦笑した。

〝年番方与力〟とは、与力の古手《ふるて》が務める役目で、奉行所全般の取締り、金銭の保管監督、同心の任免、臨時重要な事柄の処理などをした。

「当時、吟味方与力で今は年番方の宗方兵衛さまですか……」

房吉は、念を押した。

白崎秀一郎は、北町奉行所に戻った。

二人の托鉢坊主は、北町奉行所表門前で立ち止まり、白崎秀一郎を見送った。

左近は、二人の托鉢坊主を見張った。

二人の托鉢坊主は、物陰に佇んで白崎秀一郎が北町奉行所から出て来るのを待った。

よし……。

左近は、物陰から二人の托鉢坊主に棒手裏剣を放った。

棒手裏剣は、托鉢坊主の一人の背中に突き刺さった。

托鉢坊主は、悲鳴も上げずに崩れた。

残る托鉢坊主は驚き、素早く身構えて周辺を窺った。

左近は、残る托鉢坊主を見守った。

残る托鉢坊主は、続いての攻撃がないのを見定め、倒れた托鉢坊主を助け起こし、肩を貸して呉服橋御門に急いだ。

左近は追った。

外濠は煌めいていた。

二人の托鉢坊主は、呉服橋御門を足早に渡って一石橋に向かった。

左近は尾行《つけ》た。

一石橋を渡った二人の托鉢坊主は、尚も外濠沿いを進んで竜閑橋《りゅうかん》から鎌倉河《かまくら》岸に向かった。そして、鎌倉河岸の三河町《みかわちょう》にある小さな煙草屋《たばこ》に入った。

左近は見届けた。

煙草屋から亭主らしき中年男が現れ、辺りを鋭い眼差《まなざ》しで見廻した。

丹波忍び……。

左近は、中年の亭主を丹波忍びだと見抜き、煙草屋が丹波忍びの忍び宿だと睨んだ。

煙草屋には訪れる客もいなく、僅かな刻が過ぎた。

煙草屋から中年の亭主が現れ、足早に神田八つ小路に向かった。

傀儡の百鬼に報せに行く……。

左近は読み、狙い通りの動きに笑った。

よし……。

左近は、煙草屋の中年の亭主を追った。

中年の亭主は、神田八つ小路を足早に抜けて神田川に架かる昌平橋を渡り、湯島から本郷の通りに進んだ。
左近は、慎重に追った。
中年の亭主は、辺りを警戒しながら足早に進んだ。
湯島から本郷の通りは何度か来た事がある。
左近は、先を行く中年の亭主を見詰めた。
ひょっとしたら、行き先は青柳平九郎がいた宝泉寺か……。
左近は睨んだ。
もし、宝泉寺に行くのなら北ノ天神真光寺脇の道に入る筈だ。
左近は、足早に行く中年の亭主の後ろ姿を見据えて追った。
中年の亭主は、北ノ天神真光寺に差し掛かった。
さあて、どうする……。
左近は見守った。
中年の亭主は、北ノ天神真光寺の前を通って脇の道に入った。
やはり、宝泉寺だ……。
左近は読み、連なる家々の路地に素早く入った。

宝泉寺は表門を閉じ、人の気配は窺えなかった。

丹波忍びの小頭《こがしら》鬼麿を倒した時、宝泉寺では住職の光雲と寺男の善八は姿を消していた。

その光雲と善八は、どうしたのか……。

左近は先廻りをし、旗本屋敷の屋根から斜向《はすむ》かいの宝泉寺を窺った。

中年の亭主が、足早にやって来た。

左近は、斜向かいの旗本屋敷の屋根から見守った。

中年の亭主は、振り返って尾行て来る者がいないのを見定め、宝泉寺の土塀沿いを裏手に廻った。

左近は、旗本屋敷の屋根を下りて宝泉寺の裏手に走った。

中年の亭主は、裏門から宝泉寺の裏庭に入って行った。

左近は、裏門脇の土塀の上に跳んだ。

中年の亭主は、青柳平九郎が潜んでいた小さな家作の前を通り、裏庭から本堂の表に廻って行った。

左近は、土塀の上から裏庭に跳び下り、本堂の表に向かった。

本堂の扉が閉まった。
左近は見た。
中年の亭主は本堂に入った……。
左近は、本堂の扉に忍び寄って中を窺った。
本堂の中は薄暗く、中年の亭主も誰もいなかった。
左近は、扉を僅かに開けて素早く本堂に忍び込んだ。

左近は、本堂の隅に忍んで辺りを窺った。
薄暗い本堂には、冷ややかさが漂っているだけで、人の気配はなかった。
左近は見定め、方丈に続く本堂の奥の廊下に進んだ。

廊下は雨戸が閉められ、片側には座敷が並んでいた。
左近は廊下の入口に立った。
野太い男の声が、廊下の奥の座敷から微《かす》かに聞こえた。
左近は、廊下の奥の座敷に忍び寄った。

「して、白崎秀一郎を見張っていた二人、鎌倉河岸の忍び宿に逃げ込んだのか……」

男の野太い声がした。

左近は、己の気配を消して忍んだ。

中年の亭主は、懐紙《かいし》に包んだ棒手裏剣を差し出した。

「はい。此《こ》れなる棒手裏剣で襲われたと……」

坊主頭の男は、懐紙の上の棒手裏剣を手に取って検《あらた》めた。

「おのれ……」

坊主頭の男は、微かな怒りを滲ませて棒手裏剣を握り締めた。

「何処の忍びの棒手裏剣ですか……」

「日暮左近だ……」

坊主頭の男は吐き棄てた。

「日暮左近……」

中年の亭主は眉をひそめた。

「うむ。鬼麿を倒した得体《えたい》の知れぬ忍びの者だ……」

坊主頭の男は、悔しさを露わにした。

「鬼麿を倒した者……」

「左様……」

坊主頭の男は頷き、嘲りを浮かべて指笛を短く吹き鳴らした。

指笛が短く鳴った。

左近は、本堂に向かって身を翻した。

丹波忍びが現れ、本堂への出口を塞《ふさ》いだ。

左近は身構えた。

坊主頭の男は、中年の亭主を従えて奥の座敷から廊下に現れた。

左近は挟《はさ》まれた。

「日暮左近か……」

坊主頭の男は、残忍な笑みを浮かべた。

「宝泉寺住職の光雲か……」

左近は、坊主頭の男を見据えた。

「宝泉寺住職の光雲こと丹波の鬼坊主……」

坊主頭の男は、嘲笑を浮かべて名乗った。

「丹波の鬼坊主か……」

左近は、丹波の鬼坊主を見据えた。

「如何《いか》にも。鬼麿の恨み、晴らしてくれる」

鬼坊主は、怒りに燃える眼で左近を鋭く見据えた。

「鬼坊主、傀儡の百鬼は白崎秀一郎に元北町奉行所同心の大沢半蔵と元岡っ引の平七を殺させ、次は何をさせる気だ……」

左近は、笑顔で尋ねた。

「黙れ……」

鬼坊主は、丹波忍びに目配せをした。

丹波忍びたちは手盾《てだて》を前面に構え、左近に押し寄せた。

左近は、天井に跳び、天井板の格子《こうし》に張り付こうとした。

鬼坊主は、鉄の数珠玉《じゅずだま》を素早く投げた。

鉄の数珠玉は唸りを上げて飛び、天井板の格子を打ち砕いた。

左近は、咄嗟《とっさ》に雨戸を蹴り破った。

日差しが眩しく溢れた。

左近は、溢れる日差しの中に跳んだ。

「逃がすな……」

鬼坊主は命じた。

丹波忍びの者たちは、左近を追って溢れる日差しの中を庭に跳んだ。


左近は、庭に跳び下りた。

追って現れた丹波忍びの者たちは、忍び刀を抜いて左近に殺到した。

左近は、殺到する丹波忍びの者に無明刀を抜き打ちに放った。

閃きが瞬《また》き、血が飛んだ。

丹波忍びの者は、次々に倒れた。

指笛が短く鳴った。

丹波忍びの者は、左近の傍から一斉に跳び退いた。

鬼坊主は、鉄の数珠玉を左近に放った。

鉄の数珠玉が唸りを上げて飛来した。

左近は、咄嗟に無明刀を一閃した。

鉄の数珠玉は無明刀に弾かれて飛筋を変え、左近の着物の端を引き裂いた。

左近は、大きく跳び退いた。
鬼坊主は、鉄の数珠玉を次々に放った。
鉄の数珠玉を身体にまともに受ければ、骨は砕ける。
左近は、跳び退き、転がり、無明刀で打ち払い、鬼坊主の投げる鉄の数珠玉を躱《かわ》した。
「此れ迄だ。日暮左近……」
鬼坊主は、残忍な笑みを浮かべて鉄の数珠玉を放とうとした。
左近は、遮るように地を蹴り、猛然と鬼坊主に斬り掛かった。
無明刀が眩しく輝いた。
鬼坊主は跳び退き、丹波忍びの者たちが左近に十字手裏剣を放った。
左近は、十字手裏剣を躱して本堂の屋根に跳んだ。
丹波忍びの者は追って跳んだ。
左近は、本堂の屋根に跳び下りた。
丹波忍びたちが続いて跳び下り、猛然と左近に襲い掛かった。
左近は、無明刀を閃かせた。

数人の丹波忍びが、血を振り撒いて本堂の屋根から転げ落ちた。
丹波忍びは大きく跳び退き、左近に十字手裏剣を放った。
左近は、屋根に伏せ、跳び、無明刀を振るって十字手裏剣を躱した。
丹波忍びたちは、忍び刀と十字手裏剣の攻撃を繰り返した。
左近は、手傷を負い始めた。
拙《まず》い……。
此のままでは疲れ果て、丹波忍びの波状攻撃の餌食《えじき》になる。
左近は、屋根の瓦を次々に投げた。
瓦は回転して飛び、唸りを上げて丹波忍びに襲い掛かった。
丹波忍びの攻撃は乱れた。
今だ……。
左近は走り、本堂の屋根から大きく跳んだ。
丹波忍びたちは、宙を跳ぶ左近に手裏剣を放った。
左近は、本堂裏の家作の屋根に跳び下り、転がり落ちた。
丹波忍びは追った。
だが、左近は既に姿を消していた。

二

その夜、左近は馬喰町の公事宿『巴屋』や柳森稲荷の嘉平の店に近付かなかった。

万が一、後を尾行《つけ》られて拘わりを突き止められるのを恐れてのことだった。

左近は、慎重に足取りを晦《くら》まして鉄砲洲波除稲荷傍の寮に戻った。

左近は、明かりを灯して身体中の傷の手当てを始めた。

幸いな事に深傷《ふかで》はなく、丹波忍びの十字手裏剣に毒は塗られていなかった。

手当てを終えた左近は、薬や晒《さらし》、水の入った盥《たらい》などを片付けた。

雨戸の外に人の気配がした。

追って来た丹波忍びか……。

左近は、明かりを消し、無明刀を手にして闇に忍んだ。

雨戸の外に足音が近づいた。

男、中肉中背……。

左近は、足音から近付く者の性別と体格を読んだ。

雨戸が小さく叩かれた。

「あっしです……」

房吉の囁きが聞こえた。

左近は、素早く雨戸を開けた。

房吉が、草履《ぞうり》を後ろ帯に差し込んで上がって来た。

左近は、素早く雨戸を閉めた。

「やっぱり、雨戸の傍にいましたね」

房吉は笑った。

「ええ。足音が聞こえましてね」

左近は苦笑し、行燈《あんどん》に火を灯して酒の仕度を始めた。

「へえ、足音がね。怪我をしたんですか……」

房吉は、鼻を利かせた。

「ええ。丹波忍びの鬼坊主たちと遣《や》り合いましてね。浅傷《あさで》です」

左近は、一升徳利の酒を満たした湯呑茶碗を房吉に差し出した。

「そうでしたか。戴《いただ》きます……」

房吉は、湯呑茶碗の酒を飲んだ。

「して、何か分かりましたか……」

左近も酒を飲んだ。

「ええ。元岡っ引の連雀町の平七親分の下っ引を務めていた利吉って人を見付けましてね」

「下っ引の利吉……」

「ええ……」

房吉は、酒を飲みながら元下っ引の利吉から聞いた話を報せた。

「そうでしたか。北町奉行所臨時廻り同心の大沢半蔵と岡っ引の連雀町の平七親分が、元黒門町の料理屋池ノ屋の旦那の溺死を扱っていましたか……」

左近は、大沢半蔵と平七殺しが料理屋『池ノ屋』と拘わりがあるのを知った。

「ええ。で、最初は何者かに殺されたかもしれないと探索していたのに、突然、身投げだと云い出しましてね」

房吉は、腹立たし気に告げた。

「で、一件落着ですか……」

左近は眉をひそめた。

「ええ……」

「白崎秀一郎に殺された大沢半蔵と連雀町の平七も、二十年ぐらい前の料理屋池ノ屋の一件に絡んでいたとは……」

左近は、吐息を洩らした。

「ええ。それから、大沢半蔵が池ノ屋の旦那は殺されたんじゃあなく、身投げをしたと云い出した裏には北町奉行所のお偉いさんがいるとか……」

「北町奉行所のお偉いさん……」

左近は、厳しさを浮かべた。

「ええ……」

「その、お偉いさんとは……」

「当時は吟味方与力で、今は年番方与力の宗方兵衛さまかもしれないと……」

房吉は眉をひそめた。

「年番方与力の宗方兵衛……」

「ええ。宗方兵衛さまがどうして身投げだと云い出したのかは分かりませんがね」

「房吉さん、白崎秀一郎は次に宗方兵衛を狙っているのかもしれませんね」

左近は読んだ。

「きっと……」

房吉は頷いた。

「分かりました。私は白崎秀一郎を見張ります。房吉さんは……」

「宗方兵衛さんを調べてみますよ」

「そうですか、気を付けて……」

左近と房吉は酒を飲んだ。

「それにしても左近さん、最初の青柳平九郎の旗本の柴崎頼母と永井主水正始末と今度の白崎秀一郎の大沢半蔵と平七殺しは、昔の池ノ屋の一件で繋がりますが、五人の金貸し殺しは、どう繋がるんですかね……」

房吉は眉をひそめた。

「そこですね。分からないのは。ですが、必ず何か繋がりがある筈です」

左近は、不敵な笑みを浮かべた。

江戸湊の潮騒《しおさい》は、夜の町に微かに響いていた。

八丁堀岡崎町《おかざきちょう》の組屋敷街には、南北町奉行所の与力同心が暮らしており、出仕《しゅっし》の刻限には多くの者が忙しく行き交った。

養生所見廻り同心の白崎秀一郎は、老下男《げなん》に見送られて北町奉行所に向かった。

左近は、物陰から見守った。

塗笠《ぬりがさ》を目深《まぶか》に被った浪人が二人、組屋敷街の路地から現れて白崎秀一郎に続いた。

丹波忍びか……。

左近は、白崎秀一郎を尾行る二人の浪人を追った。


八丁堀岡崎町から呉服橋御門内の北町奉行所迄はさほど遠くない。

白崎秀一郎は、山王御旅所の前を抜けて楓川に架かっている海賊橋を渡り、尚も西に進んだ。

日本橋通りを横切り、高札場の傍を進むと外濠に出る。

外濠には呉服橋が架かっており、渡ると北町奉行所がある。

白崎秀一郎は、脇目も振らず生真面目な足取りで進んだ。

塗笠を目深に被った二人の浪人は、白崎秀一郎を尾行た。

白崎秀一郎は、外濠に架かっている呉服橋を渡って北町奉行所の表門を潜った。

二人の浪人は、塗笠を上げて見送った。

左近は見守った。

おそらく二人の浪人は、白崎秀一郎の動きに変わった事がないのを見定めているのだ。

未だ傀儡の百鬼の道具として使えるかどうかを……。

左近は読んだ。

養生所見廻りは交替で行う。

昨日、見廻りに行ったのなら、今日は行かないのかもしれない。

二人の浪人は、北町奉行所の前に潜んでそのまま白崎秀一郎を見張り続けるのだろう。

左近は苦笑した。

「左近さん……」

房吉が近寄って来た。

「やあ……」

「下男を従えて来る羽織袴《はおりはかま》の白髪混じりの侍が、年番方与力の宗方兵衛ですぜ」

房吉は、北町奉行所の表門に向かう羽織袴の初老の武士と下男を示した。

「宗方兵衛……」

左近は眉をひそめた。

年番方与力宗方兵衛は、当時は料理屋『池ノ屋』の旦那の死を殺しの線で調べていた大沢半蔵に身投げで落着させるように命じた吟味方与力だ。

大沢半蔵と平七殺しが、昔の料理屋『池ノ屋』の旦那の死を身投げと決めて探索しなかったからということなら、最も命を狙われるのは指図した宗方兵衛なのだ。

宗方兵衛は、下男を従えて北町奉行所に入って行った。

傀儡の百鬼は、操った白崎秀一郎にいつ宗方兵衛を襲わせるのか……。

左近は、微かな緊張を覚えた。

「して宗方兵衛、どのような人柄かは……」

「屋敷の周りでちょいと聞き込んだんですがね。宗方兵衛、御上《おかみ》の御威光《ごいこう》を笠に威張《いば》りくさっているような奴で。役目柄の目溢《めこぼ》しを願う者が付け届けを持って来るそうですぜ」

房吉は、蔑みを滲ませた。

「そんな奴ですか……」

左近は苦笑した。

「で、白崎秀一郎、もう出仕していますか……」

房吉は、左近がいる処《ところ》から白崎秀一郎の動きを読んだ。

「ええ。付《つ》き馬《うま》を従えてね……」

左近は、片隅に佇んでいる塗笠を被った二人の浪人を示した。

「丹波忍びですか……」

房吉は眉をひそめた。

「ええ。傀儡の百鬼、どう出るか……」

左近は、厳しさを滲ませた。

傀儡の百鬼は、配下の鬼坊主たち丹波忍びに何をさせるのか……。

何《いず》れにしろ、護《まも》りを固めなければならない。

左近は、はぐれ忍びの嘉平に相談する事にした。

柳森稲荷前の空き地では、古着屋、古道具屋、七味唐辛子売り、葦簀掛けの飲み屋がいつも通りに商売をしていた。

左近は、柳森稲荷と空き地に並ぶ露店を窺った。

行き交う参拝客や冷やかし客に、丹波忍びが紛れ込んでいる気配はない。

左近は見定め、奥にある葦簀掛けの飲み屋に向かった。


「おう……」

嘉平は、左近を迎えた。

「邪魔をする……」

「うん。丹波忍びと遣り合ったようだな……」

嘉平は苦笑した。

「うむ……」

左近は頷いた。

「来たよ、丹波忍びが。日暮左近を捜して……」

「そうか、して……」

「知っているが、素性や居場所は知らないと云っておいた」

「納得したかな……」

「さあ、そいつは分からないが、帰って行ったので、はぐれ忍びに追わせたよ」

嘉平は、丹波忍びがいずれ現れると読み、はぐれ忍びを待機させておいたのだ。

「造作《ぞうさ》を掛けるな……」

左近は苦笑した。

「傀儡の百鬼が日暮左近とはぐれ忍びの拘わりを知れば、火の粉ははぐれ忍びにも降り掛かる。その時の備えだ……」

嘉平は苦笑した。

「うむ……」

はぐれ忍びの嘉平に抜かりはない……。

左近は感心した。

「で、傀儡の百鬼、未だ人を操り、鬼にしているのか……」

嘉平は眉をひそめた。

「ああ。それで、秩父《ちちぶ》と繋ぎを取りたい……」

左近が告げた。

「お安い御用だが、間に合うか……」

「分からぬ……」

「ならば、はぐれ忍びを使ってみるか……」

嘉平は、左近に笑い掛けた。

「良いのか……」

「ああ。で、何をするのだ……」

「傀儡の百鬼は、北町奉行所養生所見廻り同心を鬼に仕立てて操り、年番方与力の命を狙わせようと企てている」

「ほう。北町奉行所の同心と与力か……」

「ああ。北町奉行所に忍んで、その企ての邪魔をする……」

左近は告げた。

「それなら、丁度《ちょうど》良いはぐれ忍びがいる……」

嘉平は告げた。

「丁度良いはぐれ忍び……」

左近は、戸惑いを浮かべた。

「ああ。まあ、任せてくれ」

嘉平は笑った。

「うむ……」

左近は頷いた。

北町奉行所に変わりはなかった。

「白崎秀一郎と宗方兵衛、出掛けちゃあおりませんし、浪人たちも動いちゃあいません」

房吉は、北町奉行所を一瞥し、片隅に佇んでいる二人の浪人を示した。

「そうですか。じゃあ、私は白崎秀一郎と宗方兵衛の様子を見て来ます」

「えっ。北町奉行所に忍び込むんですか……」

房吉は驚いた。

「ま、そうなりますか。じゃあ……」

左近は、北町奉行所の八文字に開いている表門に向かった。

北町奉行所の同心詰所は表門を入って右手の別棟にあり、年番方与力の用部屋は母屋《おもや》の北側の端にあった。

町奉行所は多くの者が出入りし、屋敷に忍び込む者などいないと決めてかかっているからか警戒は緩かった。

左近は右手の別棟の裏口から中に入り、天井裏に素早く忍び込んだ。

天井裏は埃《ほこり》に満ち、鼠《ねずみ》や虫の死骸が転がり、饐《す》えた臭いが漂っていた。

左近は、同心詰所に向かって天井裏を進んだ。そして、梁《はり》の上に忍び、天井板を僅かにずらして同心詰所を覗いた。

同心詰所には、内勤の同心たちが机を並べており、書類を書いたり帳簿を付けたりしていた。

左近は、幾部屋か連なる同心詰所に白崎秀一郎を捜した。

白崎秀一郎は、隣の詰所で書類を読み、帳面に何事かを記していた。

変わりはないようだ……。

左近は、同心詰所の屋根裏から離れた。


年番方与力の用部屋は、母屋の北側の端にあった。

左近は庭先に忍び、植え込みの陰から用部屋を窺った。

年番方与力の宗方兵衛の用部屋には、大店《おおだな》の主らしき初老の男が訪れていた。

宗方と初老の男は、何事か言葉を交わして笑っていた。

左近は見守った。

初老の男は、宗方兵衛に笑い掛けながら菓子箱を差し出した。

宗方兵衛は、菓子箱の蓋《ふた》を開けて中を見て嬉し気な笑みを浮かべた。

菓子箱の中身は小判、賄賂《わいろ》だ……。

左近は読んだ。

年番方与力の宗方兵衛は、賄賂を貰《もら》って事を左右する役人なのだ。

房吉の聞き込み通りだ。

左近は見定めた。

ならば、二十年ぐらい前の料理屋『池ノ屋』の主の一件にも賄賂が動いたのかもしれない。

柴崎頼母や永井主水正からの賄賂が……。

左近は、嬉し気に笑っている宗方兵衛を冷ややかに見詰めた。

もし、睨み通りなら、宗方兵衛は遺恨《いこん》の果ての闇討ちに倒れても仕方がない。

だが、闇討ちが傀儡の百鬼に操られた白崎秀一郎の所業《しよぎよう》とされるのは許せない。

左近は、傀儡の百鬼に鬼にされた白崎秀一郎の宗方兵衛闇討ちを食い止めたかった。

左近は、用部屋の前の庭から立ち去り、北町奉行所を出た。

刻は過ぎ、町奉行所が表門を閉める暮六《くれむ》つ（午後六時）が近付いた。

北町奉行所を訪れていた人々が帰り始めた。

二人の浪人は、表門の外から出入りする人々を見守った。

房吉は見張った。

左近は、表門の中で宗方兵衛と白崎秀一郎が退出して来るのを待った。

白崎秀一郎を鬼にする傀儡の百鬼は現れるのか……。

左近は、周囲に傀儡の百鬼らしい者を捜した。しかし、様々な者がいる中には、傀儡の百鬼らしい者はいなかった。

傀儡の百鬼は、催眠《さいみん》の術で人を操って鬼を作る筈だ。だとしたら、事前に催眠の術を掛けておき、必要な時に催眠状態の鬼にする。

そのためには、きっかけが必要なのだ。

傀儡の百鬼は何処かに忍び、どんなきっかけを放つのか……。

左近は、北町奉行所の前庭から母屋や別棟の屋根を見廻した。

母屋や別棟の屋根に忍んでいる者の気配は窺えなかった。

傀儡の百鬼は、左近の思い付かない手立てで白崎秀一郎を鬼にするのか……。

左近は緊張した。

年番方与力の宗方兵衛は、下男を従えて北町奉行所の母屋から出て来た。

小者が現れ、露払《つゆはら》いをするように表門に先導した。

宗方だ……。

左近は、同心詰所のある別棟を見た。

別棟からは同心たちが退出し、八丁堀の組屋敷に帰り始めていた。その中に養生所見廻り同心の白崎秀一郎がいた。

白崎秀一郎は、鬼となって宗方兵衛を襲うのか……。

左近は、宗方兵衛に続いて北町奉行所を出る白崎秀一郎を追った。

宗方兵衛と下男は、小者に見送られて北町奉行所表門を出た。

「お疲れさまにございました」

小者は見送った。

二人の浪人は、塗笠を目深に被り直した。

宗方兵衛は、下男を従えて呉服橋御門に向かった。

房吉は、それとなく追った。

白崎秀一郎は、宗方を見送っている小者の脇を通った。

「これは、白崎さま……」

小者は、白崎秀一郎に頭を下げた。

「お疲れさま……」

白崎秀一郎は笑顔で応じた。

刹那《せつな》、甘い奇妙な香りが過ぎり、白崎秀一郎を包んだ。

次の瞬間、白崎秀一郎は棒のように立ち竦《すく》み、気を失って崩れるように倒れた。

「白崎さま……」

小者は慌てた。

二人の浪人は、激しく狼狽《うろた》えた。

「どうした……」

左近は、倒れた白崎秀一郎に駆け付けた。

甘い奇妙な香り……。

左近は気が付いた。

「いきなり倒れられて……」

小者は、驚きに声を震わせた。

「お役人を奥に……」

左近は、小者に指図した。

「は、はい……」

左近と小者は、気を失っている白崎秀一郎を北町奉行所内に運んだ。

三

左近と小者は、気を失った白崎秀一郎を別棟の同心詰所に運んだ。

「どうした……」

「白崎どの……」

当番同心たちは、運び込まれた白崎秀一郎に驚き、駆け寄った。

「不意に気を失って倒れた……」

左近と小者は、気を失っている白崎秀一郎を当番同心たちに渡し、同心詰所を出た。

「造作をお掛けしましたね」

小者は、左近に笑い掛けた。

「おぬし……」

左近は、小者を見詰めた。

「五石散《ごしやくさん》の臭いが微かに流れて来た……」

小者は、唇を動かさずに囁いた。

「五石散の臭い……」

左近は、甘い奇妙な香りを思い出した。

〝五石散〟とは、紫石英《しせきえい》、白石英《はくせきえい》、赤石脂《しやくせきし》、鍾乳石《しようにゆうせき》、硫黄《いおう》の五種類の鉱物から作られ、服用すれば幻覚を生じる薬だった。

「うん。五石散の臭いを嗅《か》いで何を仕出かすか分からぬ。それで、咄嗟に当て落とした……」

小者は告げた。

「そうだったのか……」

「私ははぐれ忍びの陣八《じんぱち》、北町奉行所の捕方小者《とりかたこもの》として働いている」

小者は、はぐれ忍びの陣八と名乗った。

「やはり……」

左近は、笑みを浮かべて頷いた。

「話は嘉平の親爺さんから聞いた。白崎秀一郎は引き受けた……」

はぐれ忍びの陣八は囁いた。

「頼む。じゃあ……」

左近は、表門に急いだ。


左近は、急いで表門を出た。

表門は音を鳴らして閉められた。

左近は、周囲を見廻した。

暮六つを過ぎた北町奉行所は表門を閉じ、行き交う者も少なかった。

房吉は、年番方与力の宗方兵衛を追って行った筈だ。

二人の浪人は、白崎秀一郎が倒れたのを見てどうしたのだ。

傀儡の百鬼に報せに走ったか、それとも宗方兵衛を追ったのか……。

何《いず》れにしろ、今は宗方兵衛だ。

左近は、八丁堀岡崎町にある宗方屋敷に向かった。

外濠に月影が揺れた。
左近は、外濠に架かっている呉服橋御門を渡った。
夕闇の青黒さが揺れた。
丹波忍びか……。
左近は、丹波忍びの視線を感じながら日本橋の通りに急いだ。
丹波忍びの視線は追って来た。
おそらく、二人の浪人の内の一人だ。
左近は睨み、日本橋通りを横切って式部《しきぶ》小路から楓川に出た。
楓川には新場《しんば》橋が架かっており、突き当たりには肥後《ひご》国熊本《くまもと》藩江戸中屋敷があった。
左近は新場橋に進み、不意に欄干を跳んで消えた。
夕闇の青黒さから塗笠を被った浪人が現れ、新場橋に走って欄干から下を覗いた。
新場橋の下には、楓川が暗く流れていた。
「丹波忍びか……」
塗笠を被った浪人は、背後からの左近の声に振り返った。

次の瞬間、左近は浪人に跳び掛かって当て落とした。

左近は、気を失った浪人を担《かつ》ぎ、熊本藩江戸中屋敷の土塀沿いの道を奥庭に走った。そして土塀に跳び、熊本藩江戸中屋敷の奥庭に忍び込んだ。


熊本藩江戸中屋敷の奥庭は広くて暗く、人気《ひとけ》はなかった。

左近は、築山《つきやま》と池の傍に浪人を引き摺り込み、奥御殿を窺った。

大名家の江戸中屋敷や下屋敷は別荘的な役割であり、詰めている家来も少なく、奥御殿は雨戸を閉めて暗かった。

左近は、気を失っている浪人の刀を取り上げ、懐から拳大の革袋を探し出した。

そして、革袋の中の臭いを嗅いだ。

「五石散か……」

左近は眉をひそめ、気を失っている浪人に池の水を掛けた。

浪人は、気を取り戻した。

左近は、浪人の首に背後から腕を廻して絞め、苦無《くない》を突き付けた。

浪人は、苦しく仰け反った。

「丹波忍びだな……」

左近は訊いた。

「ああ……」

浪人は頷いた。

「相棒は宗方兵衛を追ったか……」

「うむ……」

浪人は、喉を鳴らして頷いた。

「傀儡の百鬼は白崎秀一郎に催眠の術を掛け、五石散を飲ませて幻覚を見せ、後刻《ごこく》、五石散の臭いを嗅がせて、催眠の術中に呼び戻して鬼に仕立て、大沢半蔵や平七に続いて宗方兵衛を殺させようとしたか……」

左近は、浪人に拳大の革袋を見せて尋ねた。

「ああ……」

浪人は、項垂《うなだ》れるように頷いた。

「そいつは、誰かに頼まれての事だな……」

左近は尋ねた。

「知らぬ。俺はそこ迄は知らぬ……」

浪人は、必死に首を横に振った。

「ならば、傀儡の百鬼、何処にいる」

左近は、浪人の首を絞める腕に力を込めた。

「し、知らぬ……」

浪人は、仰け反って苦しく顔を歪めた。

「本当か……」

左近は、首を絞める腕に尚も力を込めた。

「本当だ。俺たちは鬼坊主の小頭の指図で動いている」

浪人は、喉を引き攣《つ》らせた。

「小頭の鬼坊主か……」

「ああ……」

「だったら、鬼坊主は何処にいる……」

「さあて……」

浪人は、嗄《しやが》れ声で惚《とぼ》けた。

「そうか、惚けるか……」

左近は苦笑し、浪人の首を絞めていた腕の力を抜いた。

利那、浪人は左近の腕の下に身を沈めて転がり逃れ、襟元に隠してあった長針を抜いて跳び掛かろうとした。

左近は、冷笑を浮かべて踏み込み、無明刀を抜き打ちに放った。

閃光が走った。

浪人は、胸元を袈裟懸《けさが》けに斬られて池に倒れ込み、水面に広がる血と波紋を残して沈んでいった。

左近は、無明刀を一振りした。

鋒《きつさき》から血の雫《しずく》が飛んだ。

熊本藩江戸中屋敷は、静寂の闇に沈んだままだった。


八丁堀岡崎町の宗方屋敷は表門を閉じ、夜の静けさに覆われていた。

房吉は、斜向かいの組屋敷の路地に潜み、宗方屋敷と門前の暗がりに忍んでいる浪人を見張っていた。

「房吉さん……」

左近が路地の奥に現れ、房吉に近付いた。

「左近さん……」

房吉は迎えた。

「宗方兵衛は……」

「真っ直ぐ屋敷に戻り、そのままです」

房吉は、斜向かいの宗方屋敷を眺めた。

「後を尾行《つけ》て来た浪人は……」

「表門の暗がりに一人……」

房吉は、宗方屋敷の表門の暗がりを示した。

「もう一人は未だ……」

房吉は首を捻った。

「そいつは私を追って来たので始末しました」

左近は、事も無げに告げた。

「そうでしたか。で、白崎秀一郎は……」

「そいつですが……」

左近は、白崎秀一郎の顚末《てんまつ》を教えた。

「へえ。五石散って薬の臭いですか……」

房吉は眉をひそめた。

「五石散は粉薬で湯に溶かして飲むと、幻覚を見せる唐《から》伝来の秘薬です」

「阿片《あへん》のような薬ですか……」

「ええ。おそらく白崎秀一郎は、傀儡の百鬼に五石散を盛られ、幻覚を見せられた。そして、五石散の臭いを嗅がされて幻覚の中に引き戻され、鬼になる……」

左近は、腹立たし気に読んだ。

「成る程……」

房吉は頷いた。

「房吉さん……」

左近は、宗方屋敷の門前の暗がりに忍んでいた浪人を示した。

浪人は見張りを解き、宗方屋敷を離れた。

「どうします」

「後は私が始末します。引き取って下さい」

左近は、不敵な笑みを浮かべた。

八丁堀の流れに月影が揺れた。

浪人は、八丁堀岡崎町を出て八丁堀沿いの道を楓川に向かった。

左近は、距離を取って慎重に尾行た。

浪人は、楓川に架かっている弾正橋《だんじようばし》を渡り、周囲を警戒しながら京橋《きようばし》に進んだ。

左近は尾行た。

浪人は、京橋を渡って寝静まっている新両替町《しんりようがえちよう》を南に進んだ。そして、汐留《しおどめ》川に架かっている新橋《しんばし》を渡り、西に曲がった。

左近は追った。

浪人は、外濠沿いを西に進んだ。

幸橋《さいわいばし》御門外の久保丁原《くぼちようはら》を通り、外濠に架かっている新シ橋《あたらしばし》、虎之御門《とらのごもん》外を過ぎ、肥前《ひぜん》国佐賀《さが》藩江戸中屋敷前を抜ける。そして、浪人は汐見坂《しおみ》から霊南坂《れいなん》に進み、古い寺の山門を潜った。

左近は、旗本屋敷の土塀の陰から見届けた。

丹波忍びの鬼坊主、本郷の宝泉寺を棄てて此の古寺の住職になったか……。

左近は苦笑し、古寺の山門に近付いて扁額を見上げた。

月明かりを受けた扁額には、『慶福寺』と書き記されていた。

慶福寺《けいふくじ》か……。

左近は、古寺の慶福寺を眺めた。

古寺の慶福寺は、暗い静寂に包まれて不審なところは窺えない。

左近は、慶福寺に殺気を短く放った。

慶福寺の土塀や本堂の屋根の闇が微かに揺れ、人影が現れた。

丹波忍び……。

やはり、丹波忍びの鬼坊主は、慶福寺に結界を張っていた。

左近は見定め、素早く殺気を消した。

土塀や本堂の屋根の上に現れた丹波忍びは、闇の中に姿を消した。

さあて、どうする……。

知りたいのは、丹波忍びの頭《かしら》、傀儡の百鬼の居場所だ。

居場所を知っているのは、小頭の鬼坊主だ。

小頭の鬼坊主を傀儡の百鬼の許《もと》に走らせるには、慶福寺に潜む丹波忍びを襲い、蹂躙《じゅうりん》するしかない。

左近は、慶福寺を眺めた。

慶福寺は、夜の闇に沈んでいた。

仕掛ける……。

左近は決めた。

古寺の慶福寺に変わりはなかった。

左近は、裏手の土塀を越えて慶福寺の境内に忍び込んだ。

結界が僅かに揺れ、丹波忍びが左近に襲い掛かった。

左近は、棒手裏剣を放った。

丹波忍びは、棒手裏剣を受けて倒れた。

結界は大きく揺れた。

左近は、慶福寺の裏庭を方丈に走った。

丹波忍びが左右に現れ、走る左近に十字手裏剣を放った。

左近は、走り、跳び、転がって十字手裏剣を躱した。

丹波忍びは、忍び刀を抜いて左近に殺到した。

左近は、地を蹴って夜空に高々と跳び、棒手裏剣を放った。

丹波忍びは、頭上からの棒手裏剣に素早く散った。だが、二人の丹波忍びが逃げ切れず、棒手裏剣を受けて倒れた。

左近は、着地すると同時に方丈に走った。

丹波忍びは追った。
左近は、方丈の雨戸に無明刀を抜き打ちに閃かせた。
雨戸は、三つに斬られて飛んだ。
左近は、斬り飛ばした雨戸から方丈の縁側に飛び込んだ。

縁側と座敷は暗かった。
左近は、縁側の障子を蹴破って暗い座敷に転がり込んだ。
丹波忍びが斬り掛かった。
左近は無明刀を振るった。
肉を断つ音が鳴り、血の臭いが漂った。
左近は、鬼坊主を捜して隣の座敷との襖を蹴破った。
丹波忍びが現れ、手槍《てやり》を放った。
左近は、無明刀を閃かせた。
手槍が両断され、穂先は飛んだ。
手槍を斬り飛ばされた丹波忍びは、苦無を銜《くわ》えて左近の背に組み付いた。
左近は、大きく身体を動かして組み付いた丹波忍びを振り払おうとした。

丹波忍びは必死にしがみつき、銜えていた苦無を構えた。

次の瞬間、左近は背後から着物の胸元にしがみつく丹波忍びの手を無明刀で両断した。

丹波忍びは、左近の着物の胸元を握り締める手首を残し、血を振り撒いて倒れた。

左近は、胸元を握り締めている手首を取って追い縋《すが》る丹波忍びに投げ付け、次の座敷に走った。

左近は、次の座敷の襖を蹴破ろうとした。

刹那、幾つかの鉄の数珠玉が襖を貫いて飛来した。

鬼坊主だ……。

左近は、咄嗟に畳を返して盾にした。

鉄の数珠玉は、盾にした畳の裏に音を立ててめり込んだ。

左近に迫った丹波忍びの一人が、鉄の数珠玉を受けて倒れた。

丹波忍びは、攻撃を躊躇《ためら》った。

左近は、畳を盾にして襖を押し倒した。

鉄の数珠玉は、短い音を立てて畳の裏に次々と食い込んだ。

鬼坊主が、鉄の数珠を振るっていた。

左近は、盾にした畳を鬼坊主に投げた。

鬼坊主は、飛来した畳を躱して庭に跳んだ。

左近は、追って庭に跳んだ。


鬼坊主は、庭に跳び降りた左近に乳切木《ちぎりき》の分銅《ふんどう》を放った。

分銅は、鎖を伸ばして左近に襲い掛かった。

左近は躱した。

鬼坊主は、乳切木を巧《たく》みに操って分銅を放ち、石突《いしづき》に仕込んだ穂先を出して突き掛かった。

左近は、無明刀を縦横に閃かせた。

鬼坊主の乳切木の分銅は、唸りを上げて鎖を伸ばした。

左近は、身体を開いて放たれる分銅を躱し、無明刀を斬り下げた。

無明刀は閃き、伸びた分銅の鎖を音も立てずに断ち斬った。

鬼坊主は怯んだ。

左近は、地を蹴って鬼坊主に跳んだ。

無明刀が煌めいた。

鬼坊主は、乳切木の石突の仕込み穂先で斬り結んだ。

左近は押した。

鬼坊主は大きく跳び退き、丹波忍びたちが代わって左近に殺到した。

此処迄《ここまで》だ……。

左近は、地を鋭く蹴って本堂の屋根に跳んだ。

左近は、本堂の屋根の棟《むね》に立った。

丹波忍びたちは、追って屋根に現れた。

左近は、追って現れた丹波忍びに棒手裏剣を浴びせた。

丹波忍びは、棒手裏剣を受けて大きく仰け反り、本堂の屋根から転げ落ちた。

追って現れる丹波忍びは、途絶えた。

左近は冷笑し、無明刀を鞘に納めて屋根の棟を走った。そして、棟の端から大きく跳んで夜の闇に消えた。

日暮左近は、慶福寺に潜む鬼坊主を始めとした丹波忍びを蹴散らし、蹂躙して消えた。

北町奉行所養生所見廻り同心の白崎秀一郎を鬼に化し、年番方与力の宗方兵衛を闇討ちする企てを邪魔したのも、おそらく日暮左近なのだ。

「おのれ、日暮左近……」

鬼坊主は、噴《ふ》き上げる怒りを懸命に抑えた。

頭領《とうりよう》の傀儡の百鬼が事の顚末《てんまつ》を知れば、厳しく咎《とが》められるのは必定《ひつじよう》だ。

鬼坊主は焦った。

日暮左近は、一刻も早く斃《たお》さなければならないのだ。

だが、日暮左近が何処の忍びかは、皆目《かいもく》分からない。

日暮左近の正体は、おそらく柳森稲荷前の飲み屋の嘉平が知っている。

鬼坊主は読んだ。

はぐれ忍びの嘉平は、群れを離れて江戸で暮らす抜《ぬ》け忍《にん》に仕事の周旋《しゆうせん》や口利きをしている。

嘉平だ……。

鬼坊主は、配下の丹波忍びに嘉平の拉致《らち》を命じた。

慶福寺の闇が揺れた。

十人程の丹波忍びが現れ、外濠に向かって駆け出して行った。

俺に対する追手《おって》か……。

左近は、斜向かいの旗本屋敷の屋根から見送った。

慶福寺の結界は、丹波忍びによって厳しく張り直された。

小頭の鬼坊主が命じたのだ。

左近は読んだ。

丹波忍びの小頭鬼坊主は、慶福寺の結界を厳重にして護りを固めた。

左近は苦笑した。

白崎秀一郎はどうした……。

左近は、年番方与力宗方兵衛を狙おうとした養生所見廻り同心の白崎秀一郎を思い出した。

よし……。

左近は、旗本屋敷の屋根から下り、八丁堀に急いだ。

四

神田川に猪牙舟《ちょきぶね》の明かりが映《は》えた。

柳森稲荷前の葦簀掛けの飲み屋は明かりを灯し、横の縁台では数人の人足や博奕打《ばくち》ちが安酒を楽しんでいた。

葦簀掛けの飲み屋の中では、嘉平が片付けをしていた。

葦簀の外、柳森稲荷の鳥居の傍の闇が微かに揺れた。

嘉平は微かに揺れた闇に苦笑し、角樽《つのだる》を持って葦簀の外に出た。

「おう。今夜は此奴《こいつ》で看板だ」

嘉平は、人足や博奕打ちたちに声を掛けて角樽の酒を振る舞った。

「父っつあん、此奴《こいつ》は済まねえな」

人足と博奕打ちたちは、嘉平の振る舞い酒を嬉し気に飲んだ。

僅かな刻が過ぎた。

人足と博奕打ちたちは、振る舞い酒を飲んで嘉平に声を掛けて帰り始めた。

「おう。気を付けて帰りな……」

嘉平は、店を片付けながら見送った。
葦簀掛けの飲み屋の外の闇が揺れた。
嘉平は、嘲笑を浮かべて小さな明かりを吹き消した。
刹那、闇から丹波忍びが現れ、葦簀掛けの飲み屋に殺到した。
葦簀掛けの飲み屋は暗いままだった。
丹波忍びたちは、葦簀を踏み砕き、屋台を蹴り倒して嘉平を捜した。
だが、嘉平はいなかった。
丹波忍びたちは、戸惑い焦った。
外の闇が揺れ、笑顔の嘉平が浮かび上がった。
「何用だ……」
嘉平は、丹波忍びたちに尋ねた。
「訊きたい事がある。一緒に来てもらう」
丹波忍びたちは、嘉平を取り囲もうとした。
「動くな……」
嘉平は、短く制した。
丹波忍びたちは、思わず立ち止まった。

「動けば死ぬ……」

嘉平は笑った。

妖しい殺気が、丹波忍びたちの周囲に噴き上がった。

丹波忍びたちは、忍びの者に取り囲まれたのに気が付き、身構えた。

「丹波の山猿《やまざる》、江戸のはぐれ忍びへの手出しは許さねえ……」

嘉平は、嘲りを浮かべた。

「おのれ……」

丹波忍びたちは、闇に浮かんだ嘉平に十字手裏剣を放った。

次の瞬間、嘉平は闇に消え、放たれた十字手裏剣は空《くう》を切って飛び去った。

丹波忍びは狼狽《うろた》えた。

刹那、周囲の闇から様々な流派の忍びの者が現れ、丹波忍びたちに襲い掛かった。

はぐれ忍びの者の中には、葦簀掛けの飲み屋の横で酒を飲んでいた人足や博奕打ちたちがいた。

老獪《ろうかい》な嘉平に油断はなかった。

はぐれ忍びは、丹波忍びを鋭く攻め立てた。

刃が噛み合い、息が鳴り、血が飛び散った。

はぐれ忍びは、丹波忍びの囲みを縮ませ始めた。

抜け忍として同じ流派の追手を非情に斃《たお》し、必死に生き抜いて来たはぐれ忍びに容赦はなかった。

丹波忍びは次々に斃された。

はぐれ忍びたちは、忍び刀を煌《きら》めかせて囲みを大きく縮めた。

丹波忍びは、僅かな人数となって追い詰められた。

嘉平が闇に浮かび、短く発した。

「殺《さつ》……」

はぐれ忍びは、僅かな人数となった丹波忍びに殺到した。

刃が煌めき、丹波忍びは皆殺しになった。

はぐれ忍びは忍び刀などの得物《えもの》を納めて、斃れた丹波忍びの死を冷徹に見定めた。

静寂が訪れた。

嘉平が闇から現れた。

「はぐれ忍びへの手出しを悔《く》やめ……」

嘉平は、冷ややかに吐き棄てた。

八丁堀の組屋敷は夜の静寂に沈んでいた。

北町奉行所養生所見廻り同心の白崎秀一郎は、はぐれ忍びの陣八に当て落とされて傀儡《くぐつ》にされずに済んだ。そして今、白崎秀一郎は八丁堀の組屋敷に帰るため、楓川に架かっている海賊橋に差し掛かった。

北町奉行所捕方小者を務めるはぐれ忍びの陣八は、俯《うつむ》き加減で足早に行く白崎秀一郎を尾行《つけ》た。

何事もなく組屋敷に帰る事が出来るか……。

陣八は、先を行く白崎秀一郎を見据えた。

白崎秀一郎は、海賊橋を渡って八丁堀北島町に進んだ。

陣八は、北島町を行く白崎秀一郎を追った。

白い着物の人影が路地から現れ、白崎秀一郎の前を風のように横切った。

白崎秀一郎は立ち止まった。

どうした……。

陣八は、戸惑いを浮かべた。

白崎秀一郎は、俯いていた顔を上げてゆっくりとした足取りで歩き始めた。

しまった……。

陣八は気が付いた。

同時に、流れて来た五石散の臭いが微かに鼻を突いた。

白崎秀一郎は、五石散の臭いを嗅がされた。

陣八は、白崎秀一郎の前を横切った白い着物の人影が五石散の臭いを放ったことに気が付いたのだ。

白崎秀一郎は、傀儡の百鬼によって眼を妖しく滑り輝かせる鬼にされた。

陣八は、白崎秀一郎との距離を詰めた。

白崎秀一郎は、北島町を通り過ぎて岡崎町に進んだ。

岡崎町には、年番方与力の宗方兵衛の屋敷がある。

白崎秀一郎は宗方兵衛を殺しに行く……。

陣八は読み、緊張した。

北町奉行所年番方与力の宗方兵衛の屋敷は、既に明かりを消して眠りに就いていた。

白崎秀一郎は、宗方屋敷を滑り輝《ぬめ》く眼で眺めた。

陣八は、物陰から見守った。

白崎秀一郎は宗方屋敷に侵入するのか……。

陣八は窺った。

白崎秀一郎は、宗方屋敷の土塀に上がった。

侵入する……。

陣八は見定めた。

刹那、背後に人の気配が湧いた。

陣八は振り返った。

白い着物の人影が陣八を覆った。

五石散の臭いが鼻を突き、陣八は意識を失って倒れた。

白崎秀一郎は、宗方屋敷内に姿を消した。

宗方屋敷は寝静まっていた。

白崎秀一郎は庭に佇み、母屋の閉められた雨戸を滑り輝く眼で見詰めた。そして、迷いや躊躇《ためら》いもなく雨戸に近付き、蹴破った。

雨戸は壊れ、外れた。

白崎秀一郎は、廊下に踏み込んだ。

「おのれ、狼藉者《ろうぜきもの》……」

宗方兵衛が刀を手にして座敷から現れ、声を引き攣《つ》らせた。

「宗方兵衛……」

白崎秀一郎は、滑り輝く眼に笑みを滲ませて宗方兵衛に襲い掛かった。

宗方兵衛は、咄嗟に白崎秀一郎に斬り掛かった。

白崎秀一郎は、胸元を斬られながらも宗方兵衛の首を両手で摑んだ。

宗方兵衛は、眼を剝《む》いて仰け反り、刀を振り廻した。

白崎秀一郎は、斬られながらも眼を妖しく滑り輝かせて宗方兵衛の首を絞めた。

宗方兵衛は、苦しく顔を歪めて刀を振り廻して抗《あらが》った。

白崎秀一郎は、血塗《まみ》れになりながら宗方兵衛の首を絞めた。

滑り輝く眼に妖しい笑みを浮かべた。

宗方兵衛は首を絞められ、血走った眼を飛び出さんばかりに瞠《みは》り、口や鼻から血泡を垂らし、刀を白崎秀一郎の横腹に刺した。

白崎秀一郎は、横腹を刺されながらも血塗れの顔に笑みを浮かべて宗方兵衛の首を絞めた。

宗方兵衛は、蒼白の顔に死相を浮かべて膝から崩れた。

白崎秀一郎は、妖しく滑り輝く眼で宗方兵衛を見据え、首を絞め続けた。

宗方兵衛は絶命し、仰向けに斃れた。

白崎秀一郎は、斃れた宗方兵衛を冷徹に見下ろした。そして、宗方兵衛の死を見定め、嬉し気な笑みを浮かべた。

子供のような邪気のない笑みだった。

白崎秀一郎は、宗方屋敷の土塀から跳び下り、辺りを窺った。

土塀の離れた処《ところ》に陣八が倒れ、東の亀島川に続く道に白い着物の人影が揺れた。

白崎秀一郎は、眼を妖しく滑り輝かせ、嬉し気な笑みを浮かべて白い着物の人影に向かった。

白い着物の人影は、白崎秀一郎を誘うように亀島川に進んだ。

左近が闇を揺らして現れ、土塀の傍に倒れているはぐれ忍びの陣八に気が付いた。

陣八……。
左近は、陣八に駆け寄った。
陣八に息はあり、気を失っているだけだった。
左近は安堵し、宗方屋敷から漂っている血の臭いに気が付いた。
白崎秀一郎は、傀儡の百鬼に鬼にされて宗方兵衛を襲って殺した。
左近は睨んだ。
そして、地面に血の雫が落ち、亀島川に向かっているのに気が付いた。
白崎秀一郎だ……。
左近は、血の雫を追った。

亀島川は日本橋川と八丁堀を結んでいる。
左近は、血の雫を伝って亀島川沿いの道に出て周囲を窺った。
白崎秀一郎が、亀島川に架かっている亀島橋の真ん中に佇んでいた。
「白崎……」
左近は走った。
白崎秀一郎は、駆け寄る左近に気が付き、妖しく滑り輝く眼を向けた。

鬼……。

左近は見定めた。

刹那、白崎秀一郎は亀島川に身を躍らせた。

水飛沫が月明かりに煌めいた。

北町奉行所養生所見廻り同心白崎秀一郎は、丹波忍びの傀儡の百鬼に鬼にされ、元臨時廻り同心の大沢半蔵と元岡っ引の連雀町の平七に続き、年番方与力の宗方兵衛を殺し、亀島川に身を投げた。

左近は、宗方屋敷に戻り、気を失っているはぐれ忍びの陣八を担いで八丁堀から駆け去った。

宗方屋敷では、家人や奉公人たちが騒ぎ始めた。

翌日、江戸湊に白崎秀一郎の死体が浮いた。

白崎秀一郎は、僅かに水を飲んでいるだけで、横腹の刺し傷が致命傷だった。

白い着物を着た人影……。

はぐれ忍びの陣八は、白い着物を着た人影に襲われて気を失ったと告げた。

「どんな奴だ……」

嘉平は尋ねた。

「そいつが遠目で見たあと、いきなり眼の前に現れて、気を失ったので……」

陣八は、悔し気に告げた。

「良く分からないか……」

「ええ。いきなり眼の前に現れた時は、五石散の臭いが鼻を衝いて……」

陣八は首を捻った。

「男か女かも分からないのか……」

嘉平は眉をひそめた。

「ええ……」

陣八は頷いた。

「そうか……」

嘉平は、残念そうに左近を窺った。

「白い着物の人影、ひょっとしたら傀儡の百鬼だったのかもしれぬ……」

左近は読んだ。

「傀儡の百鬼……」

「それにしても傀儡の百鬼、こんな真似をして、何が狙いなのか……」

左近は頷いた。

「ああ……」

嘉平は、吐息を洩らした。

「青柳平九郎を鬼と化して柴崎頼母と永井主水正を始末させた一件と、白崎秀一郎による元臨時廻り同心の大沢半蔵と元岡っ引の平七、年番方与力の宗方兵衛殺しは、二十年ぐらい前に上野元黒門町にあった料理屋池ノ屋の旦那の死に拘わりがあるのは分かるが……」

左近は、料理屋『池ノ屋』の一件が柴崎と永井によって起こされ、大沢と平七が宗方の指図で事件を闇に葬ったのを突き止めていた。

傀儡の百鬼は、何者かの依頼で料理屋『池ノ屋』の一件を引き起こした者と闇に葬った者の始末をしたのだ。

「分からないのは、茶の宗匠の一色京庵が五人の金貸しから二百両ずつ〆《しめ》て千両を騙し取って殺した件か……」

嘉平は、左近の腹の内を読んだ。

「うむ……」

左近は頷いた。

「さあて、どんな拘わりがあるのか……」

嘉平は首を捻った。

「ああ。そして、傀儡の百鬼、未だ誰かを鬼に仕立てるのか……」

左近は眉をひそめた。

二十年ぐらい前の料理屋『池ノ屋』の一件に拘わる者は、此れで出尽くしたのだろうか……。

左近は、料理屋『池ノ屋』の一件を洗ってみる事にした。

「それにしても嘉平の父っつあん、昨夜、丹波忍びに襲われたのに、今日は何事もなく店を出すとはな……」

左近は、葦簀掛けの飲み屋を見廻した。

「そいつが葦簀掛けの良いところだ」

嘉平は笑った。

「丹波忍びの奴ら、江戸のはぐれ忍びの恐ろしさを思い知っただろう」

左近は苦笑した。

「さあて、そいつはどうかな。何しろ相手は丹波の山猿だ……」

嘉平は慎重だった。

「なかなか尻尾《しっぽ》は巻かないか……」

左近は読んだ。

「ああ。丹波忍びの鬼坊主、霊南坂の慶福寺にいるんだな」

「うむ……」

「で、どうする……」

嘉平は、左近の出方を窺った。

「此れ以上、鬼を作らせはしない。事の真相を突き止め、傀儡の百鬼を斃す」

左近は、不敵に云い放った。

丹波忍びの頭領、傀儡の百鬼は此れで矛《ほこ》を納めるのか、それとも未だ鬼を作るのか……。

もし、未だ鬼を作るとしたら、料理屋『池ノ屋』の一件と拘わりがあるのか、それとも拘わりのない件なのか……。

左近は、房吉と二十年ぐらい前の上野元黒門町の料理屋『池ノ屋』の一件を洗い直した。

「分かりましたよ。茶の湯の宗匠一色京庵の金貸し殺しと池ノ屋の拘わり……」

房吉は笑った。

「拘わりありましたか……」

「ええ。池ノ屋の旦那、柴崎頼母と永井主水正に勝手に売り飛ばされた店の沽券《こけん》状《じょう》を買い戻そうと、金貸しに二百両借りようとしたのですが、悉《ことごと》く断られていましたよ」

房吉は、厳しい面持ちで告げた。

「その断った金貸したちが、一色京庵に二百両の金を貸し、死んでいった五人の金貸しですか……」

左近は読んだ。

「ええ。どうやらそのようですぜ」

房吉は頷いた。

「そうですか、金を貸してもらえなかった恨みですか……」

左近は、五人の金貸しと料理屋『池ノ屋』との拘わりを知った。

やはり、傀儡の百鬼の操った鬼たちの獲物は、料理屋『池ノ屋』の一件で恨まれている者たちなのだ。

「きっと……」

房吉は頷いた。

「ならば、もし傀儡の百鬼がまた、鬼を作ったなら、そいつも池ノ屋の一件に拘わった者を殺しますか……」

「そうなりますが、此れ以上、いるんですかね、池ノ屋の一件に拘わった者……」

房吉は眉をひそめた。

「ええ。我らの気付かぬ処に潜んでいるのかもしれません」

左近は睨んだ。

「それにしても、料理屋池ノ屋に拘わる者の依頼なら、頼んだのは、池ノ屋の娘か倅ですかね」

「きっと……」

左近は頷いた。

料理屋『池ノ屋』の旦那の善次郎が死に、残されたお内儀のおすみは八歳の娘のおくみと五歳の倅の直吉を連れて向島の実家に戻った。そして、娘のおくみは十歳の時に行方知れずになり、その後、おすみは病死し、一人になった倅の直吉は姿を消していた。

「無事にしていれば、今、娘のおくみは二十八歳、倅の直吉は二十五歳ですか……」

「ええ……」

左近は頷いた。

「おくみと直吉の姉弟が傀儡の百鬼に恨みを晴らすように頼んだか、姉弟のどちらかが頼んだのか……」

房吉は読んだ。

「ええ……」

「もしそうなら、どうします」

「如何《いか》に親の恨みを晴らすためとはいえ、拘わりのない青柳平九郎、一色京庵、白崎秀一郎を鬼にしたのは許せぬ所業です。ですが……」

左近は眉をひそめた。

「どうかしましたか……」

房吉は尋ねた。

「もしそうなら、傀儡の百鬼、何故このような依頼を引き受けたのか……」

「千両以外に大した旨味《うまみ》もない、仇討ち紛《まが》いの一件。丹波忍びの傀儡の百鬼が容易に引き受けるとは思えませんか……」

「ええ……」

左近は頷いた。

傀儡の百鬼が鬼を作って自在に操ったのには、どのような理由があるのか……。

何者かの依頼なのか……。

そして、料理屋『池ノ屋』の娘のおくみと息子の直吉は何処にいるのか……。

左近は、厳しい面持ちで想いを巡らせた。

# 第四章　老恋鬼《ろうれんき》

一

　神田川沿い柳原通りの柳並木は、吹き抜ける微風に緑の枝葉を揺らしていた。

　柳森稲荷の参拝客は少なく、鳥居前の空き地の古着屋、古道具屋、七味唐辛子売りには冷やかし客も疎《まば》らだった。

　奥にある葦簀掛けの飲み屋では、仕事にあぶれた人足たちが安酒を飲んでいた。

　左近は、柳森稲荷や空き地に丹波忍びがいないのを見定めて葦簀掛けの飲み屋に進んだ。

　横手の縁台で酒を飲んでいる人足の一人が、左近を一瞥《いちべつ》した。

　はぐれ忍び……。

人足たちは、嘉平を秘かに護っているはぐれ忍びだ。

左近は、小さく頷いて葦簀を潜った。

「おう……」

嘉平は迎えた。

「抜かりはないようだな」

左近は、葦簀の外で酒を飲んでいる人足たちを示した。

「ああ。丹波忍びが仕掛けて来た限り、江戸のはぐれ忍びも黙っちゃあいない」

嘉平は苦笑した。

「ならば……」

「霊南坂の慶福寺も見張らせている……」

「丹波忍び、動きはないようだな」

「今のところはな……」

「あれば、直ぐに報せが来るか」

「ああ……」

事と次第によっては襲撃する……。

嘉平は薄く笑い、はぐれ忍びの覚悟と矜持《きょうじ》を過《よ》ぎらせた。

「ならば、丹波忍びに二十七、八歳のおくみという名の女と、二十四、五歳の直吉という者がいないか、探ってもらえるか……」

「料理屋池ノ屋の娘と倅か……」

「ああ……」

「本名でいるとは思えんが、探らせるよ」

嘉平は引き受けた。

「だが、無理は禁物《きんもつ》……」

「心得ている……」

嘉平は苦笑した。

誰かが見ている……。

左近は、葦簀越しに何者かの視線を感じた。

何処《どこ》だ……。

左近は、葦簀越しに視線の主を捜した。

空き地に並んでいる古着屋、古道具屋、七味唐辛子売りの客に葦簀掛けの飲み屋を窺っている者はいない。

気の所為《せい》か……。

左近は、微《かす》かな戸惑いを覚えた。

微風が吹き抜け、古着屋の横に吊られた色とりどりの着物が揺れた。

微風に揺れる着物の向こうに佇む女がいた。

あの女……。

左近は、視線の主が微風に揺れる着物の向こうに佇む女だと気が付いた。

何者だ……。

左近は、葦簀越しに揺れる着物の向こうに佇む女を見定めようとした。

佇む女は、揺れる着物の陰に隠れた。そして、揺れる着物が戻った時、女の姿は消えていた。

「父っつあん、またな……」

左近は、嘉平に声を掛けて葦簀掛けの飲み屋から素早く出た。

左近は、古着屋の揺れている着物、古道具屋、七味唐辛子売りの背後を窺いながら柳原通りに向かった。

柳森稲荷前の空き地に佇んでいた女はいない……。

左近は、柳原通りに出た。

柳原通りは、西は神田八つ小路、東は両国広小路に続いている。

左近は、柳原通りの東西を窺った。

古着屋の揺れる着物の背後に佇んでいた女は、神田八つ小路のほうを向いていた。

左近は追った。

女は、神田八つ小路、昌平橋の手前にある筋違御門に入った。

左近は、足早に追った。

筋違御門は神田川に架かっており、先には御成《おなり》街道があり、下谷広小路、東叡《とうえい》山寛永寺《ざんかんえいじ》、不忍池などに続いている。

左近は、筋違御門を渡って女を捜した。

だが、女の姿は見えなかった。

見失ったか……。

左近は焦り、女を捜した。

女の姿は、やはり何処にも見えなかった。

左近は、女の素性を読んだ。

女は丹波忍びの者なのか……。

もしそうなら、はぐれ忍びの嘉平の様子を探りに来たのか……。

そして、左近の尾行に気が付いて姿を消したのなら……。

左近は、女の行き先を読み、踵《きびす》を返して筋違御門に急いだ。


溜池《ためいけ》は煌めいていた。

左近は、霊南坂から古寺の慶福寺に急いだ。

慶福寺は、山門を閉じて静けさに覆われていた。

左近は、物陰に忍んで慶福寺とその周囲を眺めた。

慶福寺に丹波忍びの結界は窺えず、見張っている筈のはぐれ忍びの気配も感じられなかった。

穏やかだ……。

左近は、穏やかさの陰に隠された丹波忍びとはぐれ忍びの緊張を感じた。

人の気配が背後に湧いた。

左近は振り返った。

「やあ……」

はぐれ忍びの陣八がいた。

「やはり、おぬしか……」

左近は笑い掛けた。

「うむ。今のところ、鬼坊主たち丹波忍びに動きはない……」

陣八は報せた。

「動きはないか……」

左近は眉をひそめた。

「ああ……」

「ならば、女の出入りも……」

「勿論《もちろん》ないが、女が何か……」

陣八は、戸惑いを浮かべた。

「うむ。柳森稲荷に丹波忍びらしき女が現れた……」

左近は告げた。

「ならば、慶福寺に我らの知らぬ隠し出入口があるか……」

陣八は眉をひそめた。

「いや。おそらく丹波忍びの頭領、傀儡《くぐつ》の百鬼の潜む処《ところ》にいるのだろう」

左近は読んだ。

「となると、鬼坊主に何らかの繋ぎを取りに現れるかもしれぬな……」

「或いは、鬼坊主が動くか……」

「うむ。で、どうする」

「此《こ》のままでは埒《らち》が明かぬ。見張りを解いて退《ひ》いてくれ」

「丹波忍びに出入りをさせるか……」

陣八は、左近の狙いを読んだ。

「うむ。そして、行き先を追う」

左近は、己の企てを告げた。

「よし。ならば、俺たちは一騒ぎ起こして見張りを後退させるか……」

陣八は、小さく笑った。

「そうしてくれると、ありがたい」

左近は頷いた。

「うん。ではな……」

陣八は、物陰に駆け去った。
左近は、慶福寺を窺った。
慶福寺に変わりはない……。
左近は見定め、斜向《はすむ》かいの旗本屋敷の土塀の陰に走った。

左近は、旗本屋敷の屋根に忍んで慶福寺を窺った。
はぐれ忍びの陣八が現れ、慶福寺の境内に炸裂弾《さくれつだん》を投げ込んだ。
炸裂弾は鈍い音を鳴らして爆発し、四方に爆風を噴き出した。
慶福寺の本堂や庫裏《くり》、鐘楼《しょうろう》や土塀の陰から丹波忍びが現れた。
陣八は、土塀の上に跳んだ。
丹波忍びは、陣八に殺到しようとした。
慶福寺の横手と裏の土塀に、はぐれ忍びたちが現れた。
丹波忍びたちは、慌てて横手と裏に現れたはぐれ忍びの許《もと》に走った。
陣八は、殺到した丹波忍びを斬り棄てて土塀の外に逃れた。
はぐれ忍びは退いた。
丹波忍びは、追い掛けようとした。

「止《や》めろ……」

鬼坊主が現れた。

丹波忍びは、追うのを止めて慶福寺から出る事はなかった。

「はぐれ忍びは我らの出方を窺っているのだ。結界を張り直せ……」

鬼坊主は命じ、方丈に戻って行った。

丹波忍びたちは、素早く散って結界を張り直した。


左近は、旗本屋敷の屋根から慶福寺を見張った。

慶福寺に丹波忍びの結界が張り直され、陣八たちはぐれ忍びは慶福寺を遠巻きにして見張った。


僅かな刻が過ぎた。

三人の托鉢坊主が、慶福寺の横手の土塀の陰から現れた。

動いた……。

左近は、三人の托鉢坊主の中に鬼坊主がいると睨んだ。

三人の托鉢坊主は、霊南坂の通りを市兵衛町《いちべえちょう》に向かった。

よし……。

左近は、旗本屋敷の屋根から跳び下り、三人の托鉢坊主の尾行を始めた。
三人の托鉢坊主は、市兵衛町から我善坊谷《がぜんぼうたに》を抜け、雁木坂《がんぎざか》から飯倉町《いいぐらまち》一丁目に出た。
左近は、慎重に追った。
三人の托鉢坊主は、増上寺《ぞうじょうじ》の裏手、西側に続いている通りを進んだ。
通りには町家《まちや》が並び、奥に寺や武家屋敷があった。
三人の托鉢坊主は、黒板塀に囲まれた仕舞屋《しもたや》の木戸を潜った。
左近は見届けた。
黒板塀に囲まれた仕舞屋の隣には武家屋敷があり、奥には寺や増上寺の伽藍《がらん》が見えた。
さあて、どうする……。
左近は、黒板塀に囲まれた仕舞屋を眺めた。
米屋の手代がやって来た。
よし……。

左近は、米屋の手代に声を掛けた。

「ちょいと尋ねるが……」

左近は、米屋の手代に小粒《こつぶ》を握らせ、黒板塀に囲まれた仕舞屋に誰が住んでいるのか尋ねた。

「ああ。此処《ここ》には半年前から町医者の桂井東伯《かつらいとうはく》先生と娘さんが住んでいますよ」

米屋の手代は、小粒を固く握り締めた。

「町医者の桂井東伯先生と娘さん……」

「ええ……」

「娘さんの名前は……」

「確か、おかよさんとか……」

「おかよさん……」

丹波忍びの鬼坊主たちが入った仕舞屋には、町医者桂井東伯と娘のおかよが住んでいた。

「はい……」

「して、奉公人は……」

「いません。ま、町医者ですので人の出入りは多いですが、二人暮らしですよ」

「腕はいいのかな、桂井東伯先生……」

「さあ、専門は外科だと聞きましたが、どうですか……」

米屋の手代は苦笑した。

仕舞屋の主は町医者の桂井東伯、娘のおかよと二人暮らしであり、患者である人たちの出入りは多い。

「して、隣の武家屋敷は……」

「あのお屋敷は、何処かの御大名の御屋敷だと聞いていますが、手前が知る限りでは、もう何年も使われちゃあいない、空き屋敷ですよ」

手代は眉をひそめた。

「そうか。造作《ぞうさ》を掛けたな……」

「いいえ……」

米屋の手代は、左近に会釈《えしやく》をし、小粒を握り締めて立ち去った。

左近は、黒板塀に囲まれた仕舞屋を眺めた。

町医者なら様々な患者が出入りし、怪しい臭いも煎じ薬のものだと云え、不審に思われる事もない。

町医者桂井東伯は、丹波忍びの頭領傀儡の百鬼に相違ない……。

左近は読んだ。

それにしても、丹波忍びの頭領が、おかよという女と二人で暮らしている……。

だが、万が一の時に備え、配下の丹波忍びが近くにいる筈だ。

左近は、黒板塀に囲まれた仕舞屋の周囲を見廻した。

如何《いか》に忍びの者とはいえ、十人程の男がいたら目立たぬ筈はない。

いても目立たぬ処といえば、大寺院や博奕打ちの貸元の家、そして武家の屋敷もその一つだ。

左近は、黒板塀に囲まれた仕舞屋の隣の武家屋敷を眺めた。

何処の大名の空き屋敷なのか……。

何《いず》れにしろ、鬼坊主たちが出て来るのを待つしかない……。

左近は家並みの路地に入り、斜向かいにある仕舞屋の見張りを始めた。

丹波忍びの小頭鬼坊主は、頭領の傀儡の百鬼と何をしているのか……。

左近は、想いを巡らせた。

半刻《はんとき》（一時間）近くが過ぎた。

仕舞屋を囲む黒板塀の木戸が開き、三人の托鉢坊主が年増《としま》に見送られて出て来た。

年増は娘のおかよだ。

似ている……。

左近は、おかよが柳森稲荷に現れた女に似ているように思った。

そして、おかよは十歳の時に家を出て行った料理屋『池ノ屋』の娘のおくみかもしれない……。

左近の勘が囁いた。

鬼坊主たち三人の托鉢坊主は、おかよに見送られて来た道を戻り始めた。

おかよは、辺りを鋭く見廻した。そして、辺りに不審はないと見定め、黒板塀の木戸を潜って仕舞屋に戻って行った。

さあて、どうする……。

左近は、此のまま傀儡の百鬼と思える町医者桂井東伯とおかよを見張るか、鬼坊主たち三人の托鉢坊主を追うか迷った。

だが、迷いは短かった。

先《ま》ずは鬼坊主たち三人の托鉢坊主だ……。

左近は、鬼坊主たち三人の托鉢坊主を追った。

鬼坊主たち三人の托鉢坊主は、雁木坂の前で立ち止まった。
左近は見守った。
三人の托鉢坊主は、二手に別れた。
一人はそのまま外濠に向かい、二人は雁木坂に進んだ。
外濠に向かった托鉢坊主が鬼坊主であり、雁木坂に進んだ二人は慶福寺に帰る
……。
左近は読み、外濠に向かう鬼坊主と思われる托鉢坊主を尾行《つけ》る事にした。
鬼坊主は何処に行くのか……。
左近は追った。

二人の托鉢坊主は、我善坊谷から市兵衛町に進み、霊南坂の慶福寺に戻った。
はぐれ忍びの陣八たちは見届け、その動きを見張った。
四半刻《しはんとき》（三十分）が過ぎた。
五人の托鉢坊主が慶福寺から現れ、足早に出掛けて行った。
何処に行く……。
陣八は、見張りを残るはぐれ忍びに任せて、足早に行く五人の托鉢坊主を追っ

た。

鬼坊主と思われる托鉢坊主は、外濠に出て北に向かった。

左近は、慎重に尾行た。

外濠沿いを行く托鉢坊主は、一定の足取りで進んでいた。

何処に行く……。

左近は、托鉢坊主を尾行ながら行き先を読んだ。

此のまま進めば、外濠沿いの竜閑橋から神田八つ小路になる。

そして、柳原通りに進めば柳森稲荷だ。

鬼坊主と思われる托鉢坊主は、柳森稲荷前の葦簀張りの飲み屋に行く……。

左近は読んだ。

## 二

柳森稲荷の鳥居前の空き地には、いつもの通りに古着屋、古道具屋、七味唐辛子売りが店を出していた。

奥にある葦簀掛けの飲み屋には、横の縁台も含めて安酒を楽しむ客はいなかった。

托鉢坊主は柳原通りに佇み、饅頭笠を上げて柳森稲荷前の空き地を窺った。

托鉢坊主の横顔は、左近の睨み通り鬼坊主だった。

柳森稲荷と前の空き地にはぐれ忍びらしき者はいなく、葦簀掛けの飲み屋には嘉平の姿が見えた。

鬼坊主は見定め、空き地の入口に佇んで経を読み、托鉢を始めた。

葦簀掛けの飲み屋の嘉平は、空き地の入口に佇んで経を読み始めた托鉢坊主に気が付いた。

丹波忍びか……。

嘉平は、葦簀越しに睨んだ。

「小頭の鬼坊主だ……」

左近は、飲み屋の背後から現れた。

「やっぱりな……」

嘉平は、己の睨み通りだったのに満足げに頷いた。

「丹波忍び、どうやら事の仕上げに掛かるようだ……」

左近は読んだ。

「仕上げ……」

嘉平は眉をひそめた。

「ああ。おそらく、いろいろ邪魔をしている俺やはぐれ忍びを始末してな」

左近は告げた。

「ふん。丹波の山猿にそんな洒落《しやれ》た真似が出来るかな……」

嘉平は、嘲りを浮かべた。

「抜かりはないか……」

左近は苦笑した。

「ああ。で、鬼坊主の野郎、行き掛けの駄賃《だちん》で小遣い稼ぎの托鉢を始めたのか……」

嘉平は、経を読んで托鉢をしている鬼坊主を眺めて笑った。

「こっちの様子を窺い、俺が現れるのを待っているのかもしれぬ」

左近は読んだ。

「よし。ならば先手を打ってやるか……」

嘉平は、顔の皺《しわ》を深くして楽し気に笑った。

鬼坊主は、経を読みながら奥の葦簀掛けの飲み屋を見張った。

葦簀掛けの飲み屋から嘉平が現れ、柳森稲荷と空き地を行き交う人を一瞥し、奥の神田川の河原に向かった。

何処に行く……。

鬼坊主は戸惑った。

はぐれ忍びは、奥の河原に忍んでいるのかもしれない。

見定める……。

鬼坊主は空き地を進み、葦簀掛けの飲み屋の傍から奥の河原を窺った。

河原に嘉平の姿は見えなかった。

河原から柳森稲荷の空き地に出入り出来る道があるのか……。

鬼坊主は、河原に進んで辺りを見廻した。

「探し物はなんだい……」

嘉平の笑みを含んだ声がした。

鬼坊主は、咄嗟《とつさ》に大きく跳び退いた。

嘉平が、河原の茂みの陰から現れた。

「丹波忍びの鬼坊主か……」

嘉平は笑い掛けた。

「はぐれ忍びの嘉平……」

鬼坊主は、錫杖《しやくじよう》を構えた。

次の瞬間、鬼坊主の背後に左近が現れた。

「日暮左近……」

鬼坊主は、錫杖から仕込刀を抜いた。

「鬼坊主、傀儡の百鬼の操った鬼騒ぎ、終わったようだな」

「左近……」

「傀儡の百鬼の鬼騒ぎ、誰に頼まれての企てだ……」

左近は尋ねた。

「知らぬ……」

鬼坊主は吐き棄てた。

「二十年ぐらい前、上野元黒門町にあった料理屋池ノ屋に拘わる者に頼まれての事か……」

左近は、重ねて尋ねた。

「知らぬ。俺は何も知らぬ、頭領に云われて動いているのに過ぎぬ……」

鬼坊主は苦笑した。

「ならば、知っているのは、頭領の傀儡の百鬼だけか……」

左近は眉をひそめた。

「ああ……」

鬼坊主は、嘲りを浮かべた。

「そうか。では、増上寺の裏に住む町医者の桂井東伯に訊いてみるか……」

左近は、冷ややかに告げた。

「何……」

鬼坊主は戸惑った。

「町医者の桂井東伯だ……」

左近は笑った。

頭領の仮の姿が知られている……。

鬼坊主は狼狽《うろた》えた。

左近は、睨み通り町医者桂井東伯が丹波忍びの頭領傀儡の百鬼だと見定めた。

「どうやら、町医者の桂井東伯が傀儡の百鬼に間違いないようだな」

嘉平は笑った。

「ああ……」

左近は頷いた。

「おのれ……」

鬼坊主は、己を巧妙にあしらった左近と嘉平に激怒し、仕込刀を閃かせた。

左近は、仕込刀の閃きを躱《かわ》して大きく跳び退いた。

鬼坊主は、尚も仕込刀を閃かせて猛然と左近に迫った。

左近は、無明刀を抜いて鋭く斬り結んだ。

嘉平は見守った。

柳森稲荷の空き地から五人の托鉢坊主が現れ、斬り合う鬼坊主と左近の許に走った。

「丹波の山猿……」

嘉平は慌てた。

五人の托鉢坊主は、斬り結ぶ鬼坊主と左近を取り囲んだ。

「おのれ……」

嘉平は焦った。

「嘉平の親爺さん……」

はぐれ忍びの陣八が現れた。

「おお。陣八、丹波忍びだ」

「ああ。追って来た」

陣八は頷いた。

「小頭……」

「おお、来たか……」

鬼坊主は息を吐いた。

五人の托鉢坊主は、鬼坊主に代わって猛然と左近に斬り掛かった。

左近は、無明刀を閃かせた。

二人の托鉢坊主が、血を振り撒いて倒れた。

残る三人の托鉢坊主が怯《ひる》んだ。

左近は、大きく跳び退き、無明刀を頭上高く真っ直ぐに構えた。

天衣無縫《てんいむほう》の構えだ。

「おのれ、日暮左近。此れ迄だ……」

鬼坊主は、左近の隙《すき》だらけの天衣無縫の構えを侮りと受け取って怒りを露《あら》わにし、仕込刀を構えて左近に向かって走った。

来たか……。

左近は眼を瞑り、天衣無縫の構えを取り続けた。

鬼坊主は、仕込刀を構えて走った。

嘉平と陣八、托鉢坊主たちは見守った。

鬼坊主は、仕込刀で左近に猛然と斬り掛かった。

左近は、眼を瞠《みは》った。

剣は瞬速……。

無明斬刃……。

左近は、無明刀を真っ向から斬り下げた。

閃光が交錯した。

左近と鬼坊主は、残心《ざんしん》の構えを取った。

嘉平と陣八は、息を呑んで左近と鬼坊主を見守った。

残る托鉢坊主たちは喉を鳴らした。

鬼坊主は、ゆっくりと横倒しに斃れた。

嘉平と陣八は、吐息を洩らした。

残る托鉢坊主は、一斉に退いて姿を消した。

左近は、無明刀を振って鋒《きっさき》から血を飛ばし、鞘に納めて死んだ鬼坊主に手を合わせた。

神田川からの風が吹き抜け、左近の鬢の解れ毛を揺らした。

夕陽は沈み始めた。


「そうですか、鬼坊主を倒しましたか……」

房吉は、微かな安堵を過《よ》ぎらせた。

「ええ……」

左近は頷いた。

「じゃあ、此れで江戸の鬼騒ぎも収まりますかね……」

「おそらく……」

「左近さん、池ノ屋の娘のおくみですがね」

「おくみ……」

「ええ。十歳の頃、向島の家を出たんですがね。得体の知れない旅の修験者《しゆげんじや》に付いて行ったそうですよ」

房吉は告げた。

「旅の修験者……」

左近は眉をひそめた。

「旅の修験者が何者かは分かりませんが、おくみは自分から付いて行ったとか……」

房吉は、戸惑った面持ちで告げた。

「自分から……」

「ええ。おくみ、どうして旅の修験者に付いて行ったんですかね」

房吉は、首を捻った。

「おくみ、その頃から父親の池ノ屋善次郎の恨みを晴らしたいと願っていたのかもしれません……」

左近は、おくみの胸の内を読んだ。

「十歳の女の子がですか……」

房吉は戸惑った。

かった。

「ええ……」

左近は、十歳で父親の恨みを晴らすと決意したおくみを憐《あわ》れまずにはいられなかった。

霊南坂慶福寺の山門は開いていた。

左近は窺った。

慶福寺には、丹波忍びの結界は張られていなかった。

どうした……。

左近は、山門を潜って境内に踏み込んだ。

慶福寺の境内は閑散とし、人の潜んでいる気配は感じられなかった。

はぐれ忍びの陣八が本堂から現れた。

「やあ……」

陣八は笑った。

「丹波忍びは……」

左近は尋ねた。

「昨夜の内に姿を消しましたよ」

「何……」

「見張っていた者が秘かに追ったところ、丹波忍びの者共は、高輪《たかなわ》の大木戸から東海道《とうかいどう》を西に行った……」

陣八は告げた。

「東海道を西に……」

「ええ。丹波に引き上げる振りをして舞い戻る策かもしれぬので未だ見張りは付けてありますがね」

「いや。舞い戻る策ではないだろう」

左近は読んだ。

「策ではない……」

陣八は戸惑った。

「うむ。策を弄《ろう》するなら、昨日、丹波忍びの配下を従えて総攻めをしている筈だ」

「ならば……」

「頭領の傀儡の百鬼が事は終わったと、引き上げを命じた。だが、鬼坊主が己の意地と矜持に懸けて、俺と嘉平を斃そうとしたのかもしれない……」

左近は読んだ。

「そうか。ならば、はぐれ忍びも退くか……」

「うむ……」

左近は、丹波忍びが丹波に帰ったと睨んだ。

三縁山《さんえんざん》増上寺裏、飯倉町の黒板塀に囲まれた仕舞屋、町医者桂井東伯の家に患者の出入りはなかった。

町医者桂井東伯こと傀儡の百鬼とおかよも、やはり江戸から立ち去ったのか……。

左近は、桂井東伯の家を眺めた。

黒板塀の木戸が開き、おかよが出て来た。

おかよ……。

左近は、素早く物陰に隠れた。

おかよは、眩《まぶ》し気《げ》に辺りを眺め、飯倉町の通りを南に進んだ。

何処に行く……。

左近は追った。
おかよは、通りを古川《ふるかわ》に架かっている赤羽橋《あかばね》に向かった。
左近は尾行《つけ》た。
おかよは、足早に進んで赤羽橋の北詰、赤羽広小路にある増上寺裏の赤羽門を潜った。
赤羽門を入ると増上寺の裏境内になり、芙蓉洲《ふようしゅう》弁天社のある池があった。
おかよは、池の畔に佇んだ。
左近は見守った。
池の畔に佇んだおかよは、小さな吐息を洩らして左近を振り向いた。
左近に逃げ隠れする暇はなく、苦笑するだけだった。
おかよは、左近に近付いた。
左近は佇み、おかよを見詰めた。
「日暮左近か……」
おかよは、左近に笑い掛けた。

「ああ。町医者桂井東伯の娘のおかよ……」

左近は告げた。

おかよは苦笑した。

「こと、上野元黒門町は料理屋池ノ屋善次郎の娘の……」

左近は、おかよを見据えた。

おかよは、顔を強張《こわば》らせて顔色をゆっくりと変えた。

「おくみだね……」

左近は、おかよに笑い掛けた。

「違いますよ……」

おかよは否定した。

「違う……」

左近は眉をひそめた。

「ええ。ですが、もし私がその料理屋池ノ屋善次郎の娘のおくみさんだったら、どうだと仰《おつしや》るんですか……」

「父親善次郎と母親おすみの恨み、見事に晴らしたのには感心したと……」

左近は苦笑した。

「感心した……」

おかよは、戸惑いを浮かべた。

「うむ。父親の善次郎を身投げに見せ掛けて殺し、池ノ屋を乗っ取った旗本永井主水正と柴崎頼母を人斬り鬼にした青柳平九郎に始末させ、勝手に売られた池ノ屋の沽券状を買い戻す二百両の借金の申し込みを無情に蹴った五人の金貸しを、守銭鬼にした茶の湯の宗匠の一色京庵に。そして、永井家と柴崎家に頼まれて善次郎殺しを身投げだとした北町奉行所与力の宗方兵衛、同心の大沢半蔵、岡っ引の連雀町の平七を白崎秀一郎に殺させ、善次郎とおすみの恨みを見事に晴らした……」

左近は笑った。

「そう思って頂ければ、池ノ屋の娘のおくみも子供の頃からの苦労も報われ、幸せ者です」

おかよは微笑んだ。

「だが、青柳平九郎、一色京庵、白崎秀一郎を鬼にして操り、殺しの道具にしたのは許せぬ所業……」

左近は、おかよを厳しく見据えた。

「三人には済まない事をした。その罪は重く必ず償う……」

おかよは項垂《うなだ》れた。

「償う……」

「ええ……」

おかよは、左近を見詰めて頷いた。

「だが、傀儡の百鬼が許してくれるかな」

「傀儡の百鬼が許してくれなくても、必ず償います」

おかよは、左近を見詰めて告げた。

「そうか。必ず償うか……」

左近は、見詰めるおかよに覚悟を見た。

「ええ。青柳平九郎、一色京庵、白崎秀一郎は勿論、鬼麿や鬼坊主たち滅びていった丹波忍びのためにも……」

おかよは、左近に哀し気な笑みを投げ掛けた。

左近は跳び退いた。

おかよの哀し気な笑みには、殺気が込められていた。

「おかよ……」

左近は、おかよを見据えて身構えた。
「日暮左近、私を殺せ。私もお前を斃す」
おかよは、左近と刺し違える覚悟だった。
「そうか……」
左近は、料理屋『池ノ屋』の娘のおくみに残された道はそれしかないのを知った。
刹那《せつな》、炸裂弾が飛来した。
左近は、咄嗟に跳び退いて伏せた。
炸裂弾が爆発し、爆風を四方に放った。
爆風が収まり、左近は辺りを窺った。
おかよの姿は消えていた。
傀儡の百鬼……。
左近は、町医者の桂井東伯の家に急いだ。

三

飯倉町の黒板塀に囲まれた仕舞屋は、木戸を閉めて静寂に沈んでいた。
おかよは、傀儡の百鬼と戻ってきているのか……。
左近は、黒板塀の木戸を押した。
木戸門は軋《きし》んだ。
左近は、木戸を入って仕舞屋の庭に廻った。
庭に忍んだ左近は、母屋を窺って殺気を放った。
母屋に動く人の気配はなかった。
傀儡の百鬼とおかよは姿を消した……。
左近は、母屋の縁側に上がって座敷の障子を開け放った。
座敷には誰もいなかった。
やはり……。
左近は、仕舞屋の中を調べた。

だが、仕舞屋の中には、傀儡の百鬼とおかよは無論、誰もいなかった。
左近は見定めた。
傀儡の百鬼とおかよは、配下の丹波忍びのように丹波に帰ったのかもしれない。
だが、江戸の何処かに忍び、左近とはぐれ忍びの嘉平の命を狙っている可能性もある。
となると、傀儡の百鬼とおかよの他にも何人かの丹波忍びが残っている。
左近は読んだ。
よし……。
左近は、仕舞屋を出て飯倉町の通りを南に向かった。

今のところ、何者かの視線や尾行者の気配はない……。
左近は、飯倉町の通りから雁木坂に進んで我善坊谷に向かった。
何かが揺れた……。
何者かの視線が浮かんで揺れたのだ。
尾行者だ……。
左近は、漸《ようや》く現れた尾行者を窺いながら慶福寺に進んだ。

尾行者は、左近の行き先が慶福寺かもしれないと気が付き、僅かに動揺して視線を揺らしたのだ。

丹波忍び……。

おそらく、傀儡の百鬼配下の丹波忍びなのだ。

左近は進んだ。


慶福寺は、はぐれ忍びの陣八たちも引き上げて人気《ひとけ》はなかった。

左近は見定め、境内に入った。

二人の丹波忍びが追って現れ、山門の陰から慶福寺の境内を窺った。

境内に左近の姿はなかった。

二人の丹波忍びは、山門を潜って境内に入った。

刹那、棒手裏剣が飛来し、二人の忍びの者の太股《ふともも》に突き刺さった。

二人の丹波忍びは蹲《うずくま》った。

左近が現れ、蹲った二人の丹波忍びに無明刀を突き付けた。

「頭領の傀儡の百鬼は何処にいる」

左近は尋ねた。

「日暮左近……」

本堂から声がした。

左近は、本堂を見据えた。

本堂の扉が開き、半頰《はんぼお》を付けて陣羽織を纏《まと》った忍びの者が現れた。

「丹波忍びの頭領、傀儡の百鬼か……」

左近は、漸《ようや》く姿を現した傀儡の百鬼を厳しく見据えた。

「うむ。ご苦労だった。傷の手当てをして丹波に帰れ……」

傀儡の百鬼は、二人の丹波忍びに命じた。

二人の丹波忍びは頷き、足を引き摺って山門の外に逃れ去った。

「日暮左近、いろいろ邪魔してくれたな……」

傀儡の百鬼は、左近を見詰める眼に笑みを滲ませた。

「百鬼、此度《こたび》の鬼騒ぎ、上野元黒門町にあった料理屋池ノ屋の娘おくみの依頼か……」

左近は尋ねた。

「左近、頼んだ者がいるかどうかなど、どうでも良い。非道な罪を犯した外道《げどう》、情けを持ち合わせない金の亡者、私腹《しふく》を肥やすために法度《はっと》を捻じ曲げる役人。誰かの依頼があろうがなかろうが、始末されて当然な奴らだ……」

傀儡の百鬼は、冷酷に云い放った。

「だが、操られ、人殺しの鬼にされて滅び去った青柳平九郎、一色京庵、白崎秀一郎はどうなのだ……」

左近は、傀儡の百鬼を鋭く見据えた。

「偶々《たまたま》、近くにいた運の悪い奴……」

傀儡の百鬼は苦笑した。

「運の悪い奴……」

左近は、怒りを過ぎらせた。

「左様。世の中には運の良い奴と悪い奴がいる。青柳平九郎、一色京庵、白崎秀一郎は運の悪い奴らだっただけだ……」

傀儡の百鬼は、冷たく突き放した。

「傀儡の百鬼……」

左近は、僅かに腰を沈めた。

「日暮左近。その昔、修験者として諸国修行の旅をしていた時、小娘が現れて父親の恨みを晴らしたいので弟子にしてくれと必死の面持ちで頼んで来た……」

傀儡の百鬼は、左近の機先を制するように素早く話を変えた。

「その小娘が池ノ屋の娘のおくみか……」

左近は、傀儡の百鬼の話に乗った。

「ああ。おくみは、父親の死と池ノ屋の簒奪《さんだつ》を詳しく告げ、己のすべてをなげうって恨みを晴らそうと健気《けなげ》に願っていた……」

傀儡の百鬼は、おくみを哀れんだ。

「その健気さに打たれて弟子にしたか……」

左近は読んだ。

「おかよは、恨みを晴らしたい一念で厳しい修業に明け暮れた。そして、丹波忍びの者の中で只一人、百鬼の傀儡の術を継げる忍びに育った……」

「ならば此度《こたび》、催眠の術で鬼を作り、五石散で操っていたのは、おくみことおかよだったのか……」

「青柳平九郎の柴崎頼母と永井主水正の一件だけはな。残る一色京庵と白崎秀一郎を操ったのは私だ」

傀儡の百鬼は告げた。

「そうか……」

「だが、此度の件のすべては、傀儡の百鬼の支配の許で行われたこと。やったのは傀儡の百鬼、私だ……」

傀儡の百鬼は、潔《いさぎよ》く告げて笑った。

「うむ……」

左近は頷いた。

「日暮左近、おかよは父親の恨みを晴らした今、犯した罪を己の命で償う覚悟だ」

「うむ……」

左近は、死ぬ覚悟のおかよを思い浮かべた。

「頼む。おかよを見逃してやってくれ」

「見逃す……」

左近は眉をひそめた。

「さすれば、おかよは丹波に帰り、残る生涯、死なせた者の菩提《ぼだい》を弔い、静かに暮らす筈だ。頼む、見逃してやってくれ……」

傀儡の百鬼は、頭を下げて左近に頼んだ。

「百鬼、おぬし……」

左近は、何かに気が付いた。
「日暮左近、その代わり、此の傀儡の百鬼が相手する……」
傀儡の百鬼は左近の言葉を遮り、十字手裏剣を放った。
左近は、無明刀で飛来する十字手裏剣を叩き落とした。
刹那、傀儡の百鬼は、一気に左近に迫って刀を抜き打ちに放った。
煌めきが左近を襲った。
左近は、無明刀を一閃して傀儡の百鬼の煌めく刀を打ち払った。
傀儡の百鬼は、尚も刀を縦横に煌めかせた。
左近は斬り結んだ。
閃きが走り、火花が散り、小石が跳ねた。
傀儡の百鬼は、鍔《つば》迫《ぜ》り合《あ》いに持ち込み、妖しく輝く眼で左近の眼を覗き込んだ。
催眠の術……。
左近は、咄嗟に無明刀を一閃して大きく跳び退いた。
傀儡の百鬼の半頰が両断されて落ち、その顔が露わになった。
善八……。
傀儡の百鬼の露わになった顔は、本郷の宝泉寺の初老の寺男の善八だった。

「善八か……」

左近は見定めた。

「流石《さすが》は日暮左近……」

傀儡の百鬼は苦笑した。

「傀儡の百鬼、最早《もはや》此れ迄だ……」

左近は、傀儡の百鬼を厳しく見据えた。

「ならば、最期に訊かせてもらおう。何処の忍びだ……」

傀儡の百鬼は尋ねた。

「秩父忍びだ……」

左近は教えた。

「秩父忍び……」

傀儡の百鬼は眉をひそめた。

「うむ……」

左近は頷いた。

「秩父忍び。既に滅び去ったと聞いていたが、そうか、秩父忍びか……」

「傀儡の百鬼、忍びの名は消えても、忍びの者は滅びぬ……」

左近は告げた。
「名は消えても、忍びの者は滅びぬか……」
「うむ……」
左近は、無明刀を頭上高く真っ直ぐに構え、静かに眼を瞑った。
天衣無縫の構えだ。
傀儡の百鬼は、隙だらけの構えに戸惑った。
そして、眼を瞑った左近に催眠の術が放てないのに焦った。
「おのれ……」
傀儡の百鬼は、左近に十字手裏剣を投げ、刀を構えて地を蹴った。
左近は、眼を瞑ったまま迫る十字手裏剣に無明刀を閃かせた。
十字手裏剣は、無明刀に弾き飛ばされた。
刹那、傀儡の百鬼が構えを崩した左近に駆け寄り、斬り掛かった。
左近は、素早く頭上に戻した無明刀を鋭く斬り下げた。
剣は瞬速……。
無明斬刃……。
閃光が交錯した。

左近と傀儡の百鬼は、残心の構えを取った。

傀儡の百鬼は、鉢金《はちがね》ごと斬られた額から血を流して倒れた。

左近は、残心の構えを解いた。

「ひ、日暮左近……」

傀儡の百鬼は、嗄《しゃが》れ声で左近を呼んだ。

「百鬼……」

左近は、傀儡の百鬼の傍にしゃがみ込んだ。

「おかよを、おかよを……」

傀儡の百鬼は、左近に縋《すが》る眼を向け、嗄れ声を震わせた。

「百鬼、おぬし、おかよを……」

「左近、年寄《ひと》りが女を好きになってはならぬか……」

傀儡の百鬼は囁いた。

「いや。女を好きになるのに歳は拘わりない……」

左近は笑った。

「そうか、そうだな……」

傀儡の百鬼は、嬉し気な笑みを浮かべて絶命した。

「百鬼……」

左近は呼び掛けた。

丹波忍び傀儡の百鬼は滅び去った。

左近は、無明刀に拭いを掛けて鞘に納め、絶命した傀儡の百鬼に手を合わせた。

微風が吹き抜けた。

傀儡の百鬼は、おかよが無事に丹波に帰る事を願っていた。

だが、おかよは鬼にされた青柳平九郎、一色京庵、白崎秀一郎、そして滅び去った鬼麿や鬼坊主たち丹波忍びに対する償いとして、左近と刺し違えて死ぬのを願っている。

果たして、おかよは傀儡の百鬼の願い通りに丹波に帰るのか……。

それとも、刺し違えるために、左近の近くに忍んでいるのか……。

見定める……。

左近は、おかよの出方を見定める事に決めた。

神田八つ小路は、多くの人々が忙しく行き交っていた。

左近は、神田八つ小路を抜けて柳原の通りに進んだ。

尾行《つけ》て来る者がいなければ、見詰める視線もない……。

左近は、己の身を晒して誘いを掛けていた。

だが、現れる者はいなかった。

左近は、料理屋『池ノ屋』の娘おくみことおかよの痕跡を捜し続けた。

## 四

柳森稲荷に参拝客は少なかった。

参拝を終えた左近は、鳥居前の空き地に並ぶ古着屋、古道具屋、七味唐辛子売りを眺めた。

古着屋、古道具屋、七味唐辛子売りには冷やかし客が僅かにいるだけであり、丹波忍びと思われる不審な者はいなかった。

左近は見定め、奥の葦簀掛けの飲み屋に進んだ。

「邪魔をする……」

左近は、葦簀を潜った。

「おう……」

亭主の嘉平は迎えた。

「変わった事はないか……」

「ああ。おかよらしき年増は勿論、丹波忍びと思われる奴は現れないよ」

嘉平は、湯呑茶碗に酒を満たして左近に差し出した。

「そうか……」

左近は、湯呑茶碗の酒を飲んだ。

「おかよ、傀儡の百鬼の願い通り、丹波に帰ったのかもしれないな」

嘉平は、己の古茶碗に酒を注いで飲んだ。

「だったら良いが……」

左近は苦笑した。

「違うか……」

「うむ。おかよは鬼にした青柳平九郎、一色京庵、白崎秀一郎。鬼麿や鬼坊主たち丹波忍びに詫《わ》び、罪を償うために、俺と刺し違えるつもりだ」

左近は告げた。

「刺し違えるか……」

嘉平は眉をひそめた。

「ああ。俺を斃して己も死ぬ。おかよはそれが詫びであり、罪の償いだと信じている。傀儡の百鬼のためにも……」

左近は、憐れみを滲ませた。

「じゃあ、何処かでお前さんを見張ってるのかな……」

嘉平は、葦簀越しに柳森稲荷前の空き地を眺めた。

「おそらくな……」

左近は頷いた。

「そうか。虚《むな》しいものだな……」

嘉平は、古茶碗の酒を啜った。

「ああ……」

左近は、嘉平の言葉に深く頷いた。

夕暮れ時。

日本橋の通りは、仕事を終えた人々が家路を急いでいた。

左近は、日本橋を渡って京橋に進んだ。そして、京橋の手前を東に曲がり、楓川に架かっている弾正橋を渡った。

尾行《つけ》て来る者はいない……。

左近は、何気なく背後を窺い、尾行て来る者がいないのを見定めた。

八丁堀の流れは、弾正橋から江戸湊に続いている。

左近は、八丁堀沿いの道を河口にある鉄砲洲波除稲荷に向かった。

亀島川と合流する八丁堀に架かっている稲荷橋を渡れば、波除稲荷であり公事宿『巴屋』の寮がある。

左近は、八丁堀沿いの道を進んで稲荷橋に差し掛かった。

江戸湊の潮騒が響いていた。

左近は、稲荷橋の袂で足を止めた。そして、稲荷橋の向こうの闇を透かし見た。

稲荷橋の向こうに人影はなく、闇が微かに揺れているだけだった。

左近は、稲荷橋に進んだ。

妖しい臭いが漂った。

左近は眉をひそめた。

五石散の臭い……。

左近は、妖しい臭いが五石散のものだと気が付いた。

おかよか……。

左近は身構え、五石散の臭いの出処《でどころ》を探して周囲の闇を窺った。

潮騒の響きが蘇り、五石散の妖しい臭いは薄れ始めた。

左近は闇を窺った。

五石散の臭いは消えた。

だが、漸《ようや》くおかよが現れたのだ。

おかよは、傀儡の百鬼の願いに従わず、左近の睨み通り江戸に潜んでいるのだ。

左近は見定め、構えを解いて稲荷橋を渡った。そして、鉄砲洲波除稲荷傍の公事宿『巴屋』の寮に進んだ。

襲うなら襲うが良い……。

左近は、公事宿『巴屋』の寮に入った。

公事宿『巴屋』の寮は暗かった。

左近は、暗い寮の中を慣れた足取りで進み、不審な事がないか検《あらた》めた。

居間、座敷、納戸《なんど》、台所……。

暗い寮の中には、不審なところも潜む者の気配もなかった。

左近は見定めて居間に戻り、行燈に明かりを灯した。

灯された明かりは瞬《また》いた。

五石散の臭いは、おかよが刺し違えに来た合図なのだ。

左近は読んだ。

おかよは、どうあっても左近と刺し違えて死んだ者に償いをするつもりなのだ。

死に急ぐか……。

左近は、淋《さび》し気な笑みを浮かべた。

行燈の明かりは落ち着き、居間を照らした。

左近は座敷に入った。

左近は忍び姿になり、座敷の押し入れに入った。

そして、押し入れの床板を上げ、縁の下に消えた。

左近は、公事宿『巴屋』の寮の縁の下から出て、闇に紛れて屋根の上に跳んだ。

押し入れの床下の出入口は左近が作ったものであり、他に知っているのは秩父忍びの者たちだけだった。

左近は、公事宿『巴屋』の寮の屋根に潜み、周囲の暗がりを窺った。

周囲の家々は明かりを消し、既に眠りに就いていた。

妖しい気配はない……。

左近は見定めた。

おかよは、いつ何処で刺し違える覚悟で襲い掛かって来るのか……。

左近は、想いを巡らせた。

その時、どうする……。

左近は、おかよの刺し違える覚悟をどう受け止めるか、迷っていた。

夜の闇は深まり、潮騒が響き、潮の香が漂った。


鉄砲洲波除稲荷の空には、鷗が煩《うるさ》い程に鳴きながら飛び交っていた。

左近は、鉄砲洲波除稲荷の境内の端に佇み、眼下に広がる江戸湊を眺めていた。

江戸湊は日差しに煌めき、行き交う千石船の白帆《しらほ》は眩しかった。

海風が吹き抜け、左近の鬢の解れ毛を揺らした。

さあて、行くか……。
左近は、日本橋馬喰町にある公事宿『巴屋』に向かおうとした。
五石散の臭いが微かにした。
おかよ……。
左近は、境内を見廻した。
しかし、境内におかよらしき年増はいなかった。
おかよは、左近を尾行て何処かで襲い掛かって来るつもりなのだ。
よし……。
左近は、鉄砲洲波除稲荷の境内を後にした。
鉄砲洲波除稲荷を出た左近は、南八丁堀の通りを三十間堀《さんじつけんぼり》に架かる真福寺《しんぷくじ》橋に進んだ。
追って来る……。
左近は、己を見詰めて追って来る視線を感じていた。
おかよだ……。
左近は、視線の主がおかよだと見定めた。

尋常の立ち合いをする……。

左近は、おかよの刺し違える覚悟に応じることにした。

真福寺橋に出た左近は、橋を渡らず手前を南に曲がって三十間堀沿いの道を木《こ》挽町《びきちょう》に進んだ。

おかよは追って来る。

人の行き交う通りでの襲撃はない……。

左近は、おかよの動きを見定めて進んだ。

三十間堀に架かっている紀伊国《きのくに》橋、新シ橋、木挽橋の東詰を進むと汐留川に架かる汐留橋に出る。

左近は、汐留橋を渡って外濠に向かった。

そして、外濠に架かっている幸橋御門外の久保丁原を抜けた。

左近は、外濠沿いの道を進み、虎之御門外から肥前国佐賀藩江戸中屋敷脇の葵《あおい》坂に差し掛かった。

葵坂からは溜池の煌めきが見えた。

左近は、葵坂を進んで溜池の馬場に入った。

溜池の馬場……。
物陰から現れたおかよは、左近の行き先を見届けた。
溜池の馬場に誘い込むつもりなのか……。
おかよは、左近の肚《はら》の内を読んだ。
よし、乗ってやる……。
おかよは、左近の誘いに乗ると決めて溜池の馬場に向かった。
溜池の馬場は、小鳥の囀《さえず》りに満ちていた。
左近は、吹き抜ける微風に鬢の解れ毛を揺らして佇んでいた。
五石散の臭いが漂い、小鳥の囀りが消えた。
殺気……。
左近は、咄嗟に跳び退いて振り返った。
十字手裏剣が眼前に迫った。
左近は伏せた。
十字手裏剣は、伏せた左近の上を風を切って飛び去った。

左近は跳ね起き、身構えた。

「日暮左近……」

おかよが忍び装束でいた。

「おかよ……」

左近は、おかよを見据えた。

「日暮左近、私と一緒に死んでもらう」

おかよは、左近を鋭く睨んだ。

「おかよ。傀儡の百鬼は、父親の恨みを晴らしたお前に残る生涯を静かに暮らして欲しいと願っていた……」

左近は、静かに告げた。

「黙れ。私は自分の恨みで、何人もの人を利用し、死に追いやって来た。頭領の傀儡の百鬼が願う静かな暮らしなど、最早出来る身ではないのだ」

おかよは、声を震わせた。

「おかよ。鬼麿と鬼坊主たち丹波忍びは忍びの掟《おきて》に従って闘い、滅び去った。そして、傀儡の百鬼は自らの意思でお前のために闘い、果てた。お前が丹波忍びの者たちの死の責めのすべてを背負う必要はない……」

左近は告げた。

「煩《うるさ》い。私はお前と刺し違えて、青柳平九郎、一色京庵、白崎秀一郎、鬼麿、鬼坊主たち丹波忍び、そして傀儡の百鬼に詫び、罪を償う。私に出来る事は、それしかないのだ……」

おかよは、悲痛に声を震わせて忍び刀を抜いて構えた。

「おかよ。どうあっても……」

左近は眉をひそめた。

「諄《くど》い、諄いぞ、日暮左近……」

おかよは、忍び刀を翳《かざ》して地を蹴った。

左近は、無明刀を抜き払い、跳び掛かるおかよの忍び刀を打ち払った。

おかよと左近は交錯した。

左近は無明刀を構えた。

刺し違えるというおかよの覚悟は、変わる事はない……。

左近は見定めた。

おかよは、忍び刀を構えた。

「おかよ、最早此れ迄……」

左近は、鋭くおかよに斬り掛かった。
おかよは、必死に斬り結んで鍔迫り合いに持ち込んだ。
左近は押した。
おかよは必死に耐え、左近を睨む眼を妖しく輝かせた。
傀儡の術……。
左近は、咄嗟に眼を逸《そ》らして跳び退いた。
おかよは地を蹴り、左近に続いて跳んだ。
左近は、無明刀を一閃した。
閃光が走った。
刹那、おかよは忍び刀を構えて左近に体当たりをした。
おかよの忍び刀は、左近の脇腹に突き刺さった。
左近は仰け反った。
「日暮左近……」
おかよは、妖しく輝く眼に笑みを浮かべた。
「おかよ……」
左近は、苦しく顔を歪めて倒れた。

「死ね……」

おかよは、喜びに満ちた顔で左近の脇腹に突き刺さった忍び刀を押し込もうとした。

刹那、喜びに満ちた顔のおかよの首の血脈から血が噴き出した。

左近は、おかよの忍び刀から逃れ、跳び退いた。

おかよは、喜びに満ちた顔で血を振り撒き、ゆっくりと廻りながら倒れた。

左近は脇腹に血を滲ませて、倒れたおかよを見詰めた。

おかよが忍び刀を構えて棄て身の体当たりをした時、左近は無明刀を閃かせた。

無明刀の閃きは、おかよの首の血脈を斬り裂いていたのだ。

おかよは気が付かず、左近の脇腹を刺して止《とど》めを刺そうとした。

その時、斬られた首の血脈が血を噴いた。

おかよは、首から血を流し、顔を背《そむ》けて倒れていた。

「おかよ……」

左近は、無明刀を鞘に納め、おかよの前に廻った。

おかよの顔は血に塗れ、喜びに満ちた微笑みを浮かべていた。

「此れで気が済んだか……」

左近は、血の滲む脇腹を押さえておかよを憐れんだ。

おかよは、喜びに満ちた微笑みを浮かべて滅び去った。

左近は、おかよの遺体に手を合わせた。

小鳥の囀りが飛び交い始めた。

潮騒は静かに響いていた。

左近は、鉄砲洲波除稲荷傍の公事宿『巴屋』の寮に籠《こも》り、脇腹の傷の治療をしていた。

傷は幸いなことに骨に届かず、化膿もしなかった。

左近は、見舞いに来たおりんに手伝ってもらって傷を洗い、秩父忍び秘伝の傷薬を塗った。

「はい。新しい晒《さらし》……」

おりんは、新しい晒布を持って来て、左近の手当てをした脇腹の傷に巻き始めた。

「済まぬ……」

左近は、礼を云った。

「いいえ。それにしても、刺し違える振りで刺されるなんて、優し過ぎるって、叔父さんと房吉さんが云っていましたよ」

おりんは、微かな苛立《いらだ》ちを過ぎらせた。

「いや。刺し違える振りではない、本当におかよの忍び刀を躱せなかったのだ」

左近は苦笑した。

「まあ。死ななかったから良いものの、刺した刀に毒でも塗ってあったら、こんなものじゃあ済まなかったんですからね」

おりんは笑った。

「うむ……」

左近は頷いた。

「はい。出来た……」

おりんは、左近の脇腹に巻いた晒布を結んで傷の治療を終えた。

「忝《かたじけな》い……」

左近は、おりんに礼を云った。

「いいえ……」

おりんは、水の入った盥《たらい》などを片付け始めた。

左近は縁側に出た。

縁側は日差しに溢れ、空には鷗《かもめ》が飛び交っていた。

左近は、柱に寄り掛かって日差しを浴びた。

おかよの忍び刀を脇腹に受けた時、自分は傀儡の術に操られていたのかもしれない。

刺し違えられる傀儡に……。

左近は苦笑した。

おかよは、喜びに満ちた微笑みを浮かべて滅び去った。

その微笑みには、父親の恨みを晴らした事のほか、左近を操って刺し違えた喜びが秘められていたのかもしれない。

流石は傀儡の百鬼が後継者、老いらくの恋の相手として選んだ忍びなのだ。だが、それすらも、おかよの傀儡の術なのかもしれない。

左近は読んだ。

人は誰しも何かに操られているのかもしれない……。

脇腹の傷が僅かに疼《うず》いた。

光文社文庫

文庫書下ろし／長編時代小説

# 百《ひやっ》 鬼《き》 夜《や》 行《こう》　日《ひ》暮《ぐらし》左《さ》近《こん》事《じ》件《けん》帖《ちょう》

著　者　　藤《ふじ》　井《い》　邦《くに》　夫《お》

2023年12月20日　初版1刷発行

発行者　三　宅　貴　久
印　刷　新　藤　慶　昌　堂
製　本　フォーネット社

発行所　株式会社 光　文　社
〒112-8011　東京都文京区音羽1-16-6
電話 (03)5395-8147　編 集 部
8116　書籍販売部
8125　業 務 部


ISBN978-4-334-10164-0　Printed in Japan



組版　萩原印刷